Patrizia Kern

Marlen Haushofer

Die Tapetentür

ROMAN

Mit einem Nachwort von
Manuela Reichart

Paul Zsolnay Verlag

1 2 3 4 5 04 03 02 01 00

ISBN 3-552-04958-4

Einbandgestaltung: Claus Seitz, unter Verwendung
eines Fotos von Marlen Haushofer, 1951,
© Nachlaß, Sybille Haushofer
Satz: Satz für Satz. Barbara Reischmann, Leutkirch
Druck und Bindung: Franz Spiegel Buch GmbH, Ulm
Printed in Germany

Umsonst, daß du betrüben
dich lässest lebenlang.
Sieh, Lieb hat kein Belieben,
Lieb kennt nur Hang und Drang.

Wilhelm Szabo

Am Abend des 1. September suchte Annette ein kleines Restaurant in der Inneren Stadt auf. Sie hatte sich mit Alexander für halb sieben verabredet, es war aber vorauszusehen, daß er nicht vor sieben erscheinen werde, ja es mochte sogar noch später werden. Alexanders chronisches Zuspätkommen war übrigens kein Zeichen von mangelndem Interesse, sondern entsprang seinem schlecht ausgebildeten Zeitsinn, und Annette hatte sich längst daran gewöhnt; es war ihr im Grund sogar ganz angenehm, eine halbe Stunde mit ihren Gedanken allein zu sein.

Sie bestellte ohne rechten Appetit ein Omelett und streckte eben die Hand nach der Abendzeitung aus, als sie Onkel Eugen erblickte, der sich von seinem Tisch erhoben hatte und auf sie zukam. Er beugte sich über sie, streifte ihre Schläfe mit den Lippen, und das vertraute Gefühl von Scheu und Zuneigung erwachte bei dieser Berührung. Seit sie angefangen hatte, über andere Leute nachzudenken, war Onkel Eugens Verhalten ihr ein wenig rätselhaft erschienen. Was mochte ihn dazu bewogen haben, immer wieder im Haus seiner Schwester aufzutauchen und das kleine verwaiste Mädchen für einen Nachmittag in die leichtere und süßere Welt der Konditoreien und Märchenvorstellungen zu entführen? Er mußte sich doch damals aufs schlimmste gelangweilt haben. Sie lächelte bei dem Gedanken an Tante Johannes versteinerte Miene. (Gab es etwas Verdächtigeres als Konditoreien und Theatervorstellungen?) Die arme Tante, immer wieder einmal war Onkel Eugen plötzlich da, versuchte ihre Erziehungspläne zu durchkreuzen und verwandelte das beinahe schon zur Vernunft bekehrte kleine Geschöpf in ein ganz normales und höchst unbequemes Kind.

Und wer weiß, wie alles gekommen wäre, hätte er nicht endlich diese jahrelange Reise unternommen, die es Tante Johanne möglich machte, ungestört an jener Modell-Annette zu basteln, die sie sich nun einmal in den Kopf gesetzt hatte.

»Wie geht's dir, Annetterl?« hörte sie Onkel Eugens Stimme, mit jener Spur von Zärtlichkeit, die vielleicht nicht so sehr ihrer Person galt als ihrem Geschlecht und ihrer Jugend.

»Setz dich zu mir, Onkel Eugen«, sagte sie, »ich möchte dir etwas zeigen.« Sie nippte vom Apfelsaft und spürte ein wenig Bitternis im Mund, während sie den Brief aus der Handtasche nahm und ihn über den Tisch schob. »Das da«, sagte sie, »hab ich gestern bekommen.«

Onkel Eugen setzte seine Brille auf und begann zu lesen. Annette sah das peinliche Unbehagen auf seinem Gesicht, aber da war es auch schon wieder verschwunden und nichts war zu sehen als die gewohnte Bonhomie und Beherrschung. Er hat etwas von einem alten Schauspieler, dachte sie und beobachtete ein wenig belustigt, wie er die Brille umständlich ins Futteral zurückschob, um Zeit zu gewinnen.

»Ein ganz schönes Alter«, sagte er schließlich, »fünfundsechzig – wer hätte das von ihm erwartet.«

Onkel Eugen war zweiundsiebzig, aber Annette begriff, was er sagen wollte; gewisse Menschen waren eben so beschaffen, daß es fast unpassend erschien, wenn sie, wie alle übrige Welt, alt und krank wurden und letzten Endes starben.

»Er war der lebendigste Mann, den ich je gekannt hab«, fuhr Onkel Eugen fort. »Du hast übrigens gar nichts von ihm, zumindest nichts, was man sehen könnte, und ich glaube, es ist ein Glück für dich, obgleich dir natürlich vieles dadurch entgehen mag.«

Ein seltsamer Nachruf schien es Annette. »Hast du ihn eigentlich gern gehabt?« fragte sie und vermied es, ihn anzuschauen, denn diese Frage überschritt entschieden das Erlaubte und Passende.

»Gern gehabt? Ich weiß nicht, Annette, er war ein Mensch, den man lieben oder ablehnen mußte. Und, nicht wahr, ihn zu lieben hab ich keine Veranlassung gehabt.« Es klang ein wenig bitter oder auch nur ironisch. »Ich hab etwas gegen Leute, die über Leichen gehen, besonders, wenn sie es mit so faszinierender Natürlichkeit, man könnte fast sagen Herzlichkeit, tun, wie dein Vater es getan hat. Du erinnerst dich wohl nicht mehr an ihn?«

»Kaum«, sagte Annette, und das Schlucken fiel ihr schwer. »Dreiundzwanzig Jahre sind eine lange Zeit – und Tante Johanne hat dafür gesorgt ...«

»Ich weiß«, sagte er hastig. »Vielleicht war es nicht richtig. Ich bin eigentlich nicht für so radikale Maßnahmen, man kann unliebsame Stücke aus einem Leben nicht ausschneiden wie faule Stengel. Aber was hat es für einen Sinn, heute darüber zu reden. Was deinen Vater betrifft, so war er einfach nicht mit den üblichen Maßen zu messen. Wahrscheinlich war es sogar ein Glück, daß er rechtzeitig verschwunden ist. Er war genau der Typ des Vaters, der von seiner Tochter vergöttert wird und sie todunglücklich macht. Ich hab nur nie begriffen, wie er es dort ausgehalten hat, weißt du, Südamerika ist für uns ein sehr fremdes Land. Aber vielleicht hat er gerade diese Fremdheit gebraucht. Übrigens, wie hat dich dieser Brief erreicht?«

»Über das Büro von Dr. Maly«, sagte Annette. »Nun ist der alte Maly ja schon längst tot, sein Nachfolger, ein gewisser Dr. Xanthner, hat mir geschrieben. Ich hab ihn angerufen und werde demnächst hingehen müssen. Es ist übrigens kein nennenswertes Vermögen vorhanden.«

»Was auch nicht zu erwarten war«, murmelte Onkel Eugen, »er hat, wie gesagt, immer sehr intensiv gelebt.«

Annette schob den Teller weg und bestellte einen kleinen Mokka. Alexander war noch immer nicht da, unabkömmlich wie er war, und sie lächelte bei diesem Gedanken. Dann fiel ihr wieder der Brief ein, und sie wunderte sich über die Befriedigung, die sie über die traurige Tatsache empfand, daß kaum Geld vorhanden war. Genauso war es gut – er war damals gegangen und hatte sie verlassen. So angenehm es gewesen wäre, Geld zu haben; dieses Geld wollte sie nicht.

Einen Augenblick lang erlag sie der Vision eines großen Holzlagerplatzes. Harzgeruch vermischte sich mit dem Duft nach frischem Kaffee und zwang sie, mit der flachen Hand durch die Luft zu schlagen.

»Diese Fliegen«, sagte Onkel Eugen empört. Aber es gab hier keine Fliegen, und er mußte das ebensogut wissen wie sie. Er wußte einfach zuviel. Und, als wisse er auch das, fing er plötzlich an, sich zu verabschieden und berührte wieder ihre Schläfe mit seinen trockenen alten Lippen. Verlegen und dankbar sah sie ihm nach und bemerkte, daß er die Schultern ein wenig sinken ließ. Unbestimmte Trauer überfiel sie; auf eine rätselhafte Weise hatte der Harzgeruch etwas zu tun mit Onkel Eugens beginnender Hinfälligkeit.

Sie hielt die Zeitung vor die Augen und fühlte sich, versteckt und geborgen hinter dem papierenen Zelt, ganz leer und benommen. Das alles, dachte sie, hätte einfach nicht geschehen dürfen, und sie wußte nicht genau, was sie damit meinte, den Verlust, der sie vor einer Ewigkeit von dreiundzwanzig Jahren betroffen hatte, den Brief in ihrer

Tasche oder Onkel Eugens sinkende Schultern. Es war alles viel zu schwierig, und sie konnte nicht das geringste daran ändern. Ich muß aufhören, daran zu denken, sagte sie sich, und in diesem Augenblick nahm ihr jemand die Zeitung aus der Hand, ein wildfremder Mensch, der sich in Sekundenschnelle in Alexander verwandelte und äußerst störend wirkte. Annette wußte sehr gut, was ihr leiser Ärger bedeutete. Immer fing es so an, zuerst die Langeweile, dann der Ärger und schließlich ein zufälliges Ende. Und noch nach Jahren grüßte man einander freundlich und desinteressiert.

Alexander aber war ahnungslos. Immer waren sie so ahnungslos, und das machte Annette unter einer Schicht von anerzogener Höflichkeit nervös und gereizt.

Alexander erzählte die letzten Neuigkeiten aus dem Institut, und Annette stöhnte innerlich. Der Anblick seines blassen, eifrigen Gesichts mit den schönen verstörten Augen erfüllte sie mit Schuldbewußtsein und Unbehagen. Plötzlich drang ein Fetzen seiner Erzählung in ihr Bewußtsein. »Was sagst du«, rief sie, »du gehst nach Paris – aber wieso denn, Alex?«

Er runzelte die Brauen auf eine Weise, die Annette sonst nur von Romanfiguren kannte. »Aber das, mein Kind, erzähl ich dir ja die ganze Zeit – vom Institut aus – Austausch – schon in zehn Tagen.«

Wieso, dachte Annette, sagt er immer »mein Kind« zu mir, wenn er sich über mich ärgert. Ich fürchte, in ihm steckt ein Schulmeister, ja, ganz sicher ... Tante Johanne hat auch immer »mein Kind« gesagt. Und dann war Annette plötzlich ganz wach. Alexander ging nach Paris, etwas Besseres konnte gar nicht geschehen. Sie würde allein sein, jeden Abend allein, und sie mußte nie mehr hören, wie unabkömmlich er im Institut war. Guter Alexander! Sie lächelte ihm strahlend zu. »Aber das ist ja ein riesiges Glück. Freust du dich nicht, Alex? Ich bin sehr froh darüber.«

Es war die reine Wahrheit. Körperliches Verlangen nach Alleinsein überwältigte sie so sehr, daß sie mit den Nägeln auf der Unterseite des Sessels zu kratzen anfing. Das Lächeln um ihren Mund gerann. »Man muß es einfach aushalten«, sagte Tante Johannes Stimme, »dann ist weiter nichts dabei.«

Tatsächlich, es war gar nichts dabei. Alexander, taub und blind wie immer, bemerkte nichts. Annette wunderte sich wieder einmal darüber, wie besessen die meisten Leute von sich selbst waren. Die Vorstellung, sie sei auch nicht anders und merke es nur nicht, war quälend peinlich. Es gelang ihr, noch eine Stunde lang zu lächeln, zu nicken und so zu tun, als höre sie zu. Als sie aber endlich ihre Wohnungstür aufsperrte, war sie so erschöpft, daß sie sich an die Wand lehnen mußte.

2. September.

Heute vormittags am Fenster stehend, den milchigen Herbsttag vor Augen, plötzlich Angstgefühle. So als vollziehe sich draußen auf dem Platz etwas, wovon ich ausgeschlossen bin. Und ich wußte, einmal war es anders, es muß ja anders gewesen sein, auch wenn ich mich nicht mehr recht erinnern kann. Einmal war ich eins mit dem schwachen Licht auf den feuchten Blättern, eins mit dem Gurren der Tauben und mit den Kindern, die um die Kastanie Abfangen spielten. Ich weiß nicht, wann ich angefangen habe, in diese Entfremdung zu fallen.

Eines Tages werde ich auch den schwachen Kummer darüber nicht mehr spüren und selbst die Ahnung einer Erinnerung vergessen haben. Und ich glaube, das ist es, was mich ängstigt; es gibt nichts Schrecklicheres, als zu vergessen. Ich bilde mir ein, daß die Zeilen, die ich heute schreibe, einmal all dies zu neuem Leben erwecken werden, den Septembertag und dahinter einen Hauch von Erinnerung. Aber ich zweifle daran, daß ein Toter Totes erwecken kann. Wahrscheinlich ist ein Tagebuch einfach ein Laster wie Rauchen oder Trinken.

4. September.

Da Lesen mein Beruf ist, ergreift mich nur noch selten ein Buch. ›Adrienne Mesurat‹, eines dieser wenigen Bücher. Man sieht das Schicksal seine Gefangene einkreisen und wehrt sich so heftig dagegen, und man glaubt sich zwischen die Zeilen werfen zu müssen. Letzten Endes kommt man dahin, zu verstehen. Adrienne muß untergehen. Die innere Notwendigkeit überzeugt und macht einen versöhnlichen Schluß undenkbar. Der Schriftsteller darf nicht willkürlich mit seinen Helden umspringen, er muß wissen, daß das Schicksal eines Menschen sich aus Kindheitserlebnissen und Charakteranlagen entwickelt. Daher kommt es wohl auch, daß man im wirklichen Leben Unglücksfälle, überhaupt jedes Eingreifen äußerer Gewalten, als so sinnlos und ärgerlich empfindet, als etwas, das nicht in Ordnung ist und mit dem betreffenden Menschen eigentlich nichts zu tun hat. Bücher, die sich mit äußeren Katastrophen oder Glücksfällen begnügen, können daher nie die Wahrheit geben, sondern nur den Schein der Wahrheit, und das verdrießt den Leser.

6. September.

Träumte, ich sei bei einer Gräfin L. zum Tee geladen. Wir sitzen in einem saalartigen Raum, um den eine Art Galerie läuft. Während wir uns unterhalten, tauchen immer wieder altertümlich gekleidete Figuren auf der Galerie auf, die sich ruckartig wie Marionetten bewegen. Die Gräfin hebt, ein wenig verärgert, die Hand, und die Gestalten ziehen sich zurück. Ich bitte sie schließlich, den »Geistern« ihr harmloses Vergnügen zu lassen, es störe mich keineswegs. Die Gräfin gibt nach, und die Galerie bevölkert sich mit den seltsamen Figuren, die endlich auch in den Saal herunterkommen. Betreten stelle ich fest, daß wir allmählich in Bedrängnis geraten, und ich fange an, Dienstpersonal und sogar Leute von der Straße um uns zu versammeln. Auch ein großer betrunkener Mann, ein Pferd und mehrere Hunde sind dabei. Der Gräfin erkläre ich, es komme jetzt nur darauf an, möglichst viel »Leben« zur Hilfe zu holen. Während ich das Pferd am Halfter halte und überlege, wie ich es am wirkungsvollsten gegen die »Geister« einsetzen könnte, erwache ich.

Das gräfliche Milieu wohl ein Rest der abendlichen Grillparzerlektüre. Der Traum von einer unglaublichen Realität, die sich den ganzen Tag nicht verwischen ließ.

8. September.

Plötzlich Kälte, Regen und Wind. Dachte heute vormittags an Hubert. Ich erinnere mich nicht mehr an sein Gesicht. Dieser Tage sind es zehn Jahre, daß er gefallen ist, das genaue Datum hab ich vergessen, müßte nachschauen. Ein Jahr Ehe, die eigentlich nur vier Wochen dauerte, hinterläßt keine Spuren. Ich vermute, Hubert war ein ziemlich hübscher und gewöhnlicher junger Mann, dem die Uniform einen gewissen Nimbus verliehen hat. An dieser Ehe war nichts wichtig als mein Entschluß, eine sogenannte »gute« Frau zu werden und mein Leben ein für allemal in eine bestimmte Bahn zu lenken. Eine Art Selbstschutz sozusagen, aber das konnte ich damals, als Zwanzigjährige, natürlich nicht wissen. Höchstwahrscheinlich hätte ich ein derartiges Leben doch nicht ausgehalten. Und doch erfüllt es mich mit ein wenig Trauer, daß ich nie an Hubert denke, ja, daß ich mich nicht einmal deutlich an sein Gesicht erinnere. Die Unzulänglichkeit und Unberührtheit, die ich in dieser Angelegenheit gezeigt habe, ängstigt mich manchmal. Es scheint mir dann, daß die Liebe, die ich als Zufall kennengelernt habe, für mich immer etwas Zufälliges und Belangloses bleiben wird. Aber man sollte doch eine einmalige Person lieben und nicht die angenehmen Sensationen, die sie einem verschafft. Wenn ich meine Umgebung beobachte, hab ich den Eindruck, das, was alle treiben, habe gar nichts mit Liebe zu tun, sondern sei einfach ein Gesellschaftsspiel mit beliebig vertauschbaren Rollen. Einige von uns (die stärkeren) sind in die Liebe verliebt, und die anderen tun so, als wären sie es, um nicht für absonderlich gehalten zu werden. Besonders Männer habe ich oft im Verdacht, daß sie dieses Spiel nur gewohnheitsmäßig betreiben, während sie viel lieber Autos reparierten oder Marken sammelten.

9. September.

Der Morgen und der Vormittag für mich die beste Zeit. Bin dann überzeugt davon, Berge versetzen zu können, und arbeite mit Lust und Intensität. Gegen fünf Uhr starker Abfall, bin dann nur noch ein Automat. Abends völlig erschöpft, mein einziger Wunsch, ins Bett zu kriechen und nichts mehr sehen und hören zu müssen.

Alexander, der erst abends wach wird, ist das rätselhaft.

10. September.

Messe von Palestrina gehört. Schön, aber ermüdend, da ich in der Kirche stehen mußte, was mir nie gut tut. Neid auf die alten Weiblein, die so versunken in den Bänken knieten, während ich mich nur für Minuten sammeln konnte. Nachher Friedhofsbesuch, nicht aus Pietät, sondern weil ich leidenschaftlich gern Friedhöfe besuche. Ich wüßte keinen Ort, der mich ruhiger und heiterer stimmen könnte. Es gibt jetzt dort die schönsten Blumen und das glänzendste Gras. Wenn ich wüßte, daß dies die einzige Art der Verwandlung ist, die uns bevorsteht, könnte ich völlig beruhigt sein. Der Leib ist in Wahrheit das Unschuldige an uns. Während der Messe fiel mir der arme T. ein, der, verbannt in ein Provinznest, gezwungen war, aus gesellschaftlichen Gründen zur Kirche zu gehen. Sein unglückliches Gesicht, als er mir erzählte, es sei für einen Ungläubigen die größte Gefahr, den Gläubigen zu spielen, weil aus dem Spiel Ernst werden könne. Und wie ihn eine ganz unerwünschte Frömmigkeit wie eine Krankheit befallen habe. Ich verstehe sehr gut, daß es diese Versuchung für gefühlsbegabte Menschen gibt, und da ich immer schon den Eindruck hatte, T. sei nur aus Gewohnheit und durch seine Erziehung Atheist, sagte ich ihm, ich fände es keine Schande, einem derartigen Gefühl nachzugeben, da man starke Gefühle ohnedies schon mit der Lupe suchen müßte.

Sonderbarerweise schien ihn das zu beruhigen und zu erleichtern. Merkwürdig, wie nötig die meisten Leute eine Bestätigung haben.

12. September.

Leide von jeher unter Lärm, aber nur unter dem gewissen Lärm, den unsere Technisierung mit sich bringt. Schreiende Babys, bellende Hunde und dergleichen stören mich nicht. Auch dem Drehorgelmann könnte ich stundenlang zuhören, während mich dieselbe Musik aus dem Radio, und viel besser gemacht, nach drei Minuten in ein Nervenbündel verwandelt.

Heute saß unser alter Hausmeister in der Bibliothek fast eine Stunde bei mir und hielt mich von der Arbeit ab. Irgend jemand müßte die Geschichte dieses Mannes schreiben. Die Geschichte eines Menschen, dessen Leben damit verging, Gegensätze auszugleichen und gute Miene zum bösen Spiel zu machen. (Zu dem Soldaten, der ihm die Pistole ansetzte: »Aber, Herr, machen S' doch kan Unsinn«, mit dem sicheren Gefühl dafür, der wirklich Gestrafte sei letzten Endes immer der bewaffnete Bedränger.)

13. September.

Was mich manchmal bis zur Verzweiflung entmutigt, ist die Tatsache, daß man selbst den besten und weisesten Menschen durch Folter in ein Stück brüllendes Fleisch verwandeln kann. Läßt das nicht den Geist in einem verdächtigen Licht erscheinen? Es heißt zwar, daß Märtyrer jeder Überzeugung die Qualen in einer Art Verzückung und sogar singend ertragen hätten, aber die Verzückung hebt ihr Verdienst auf. Ein Mensch in Ekstase ist ein völlig asoziales Wesen, wahrscheinlich verringert besondere geistige Entwicklung sogar die Fähigkeit zur Ekstase.

So wie man die körperliche Schönheit eines Menschen in wenigen Minuten zerstören kann, kann man auch seine Seele zerstören. Ein Mensch, der einmal ein Stadium der körperlichen Qual erreicht hat, in dem er jedes Verbrechen beginge, nur um diese Qual zu lindern, wird nie wieder der sein, der er zuvor war. Der Tod ist nichts, was man fürchten muß, nur die Schmerzen entwürdigen den Menschen. Selbst das Mitansehen von Schmerzen, und sei es am liebsten Menschen, erfüllt uns eher mit Grauen als mit Mitleid.

Man fühlt, etwas Verbotenes zu sehen, die Zerstörung des Menschenbildes. Daher dic Gleichgültigkeit der Ärzte, für die dieses Bild längst zerstört ist, oder die sich durch seelische Stumpfheit (auch sie kann man künstlich erzeugen) vor diesem Schock schützen. Oder man denke an die Unfreundlichkeit vieler Hebammen und Schwestern gegen ihre Pfleglinge, denen sie es wohl unbewußt, aber deutlich genug verübeln, vor ihren Augen zu leiden. Die geistlichen Schwestern wiederum, die oft von so bewundernswerter Geduld sind, benützen die fremden Leiden als Mittel zur eigenen Läuterung. Nur ein Mensch, der selbst gelitten hat, ist fähig, Mitleid zu empfinden, aber auch dieses Mitleid bezieht sich im Grund auf den eigenen Körper, mit dem man den fremden identifiziert.

Diese Schranke muß ein Mensch überwinden, um ein Heiliger zu werden, und es ist vielleicht durch ständige Übung des Willens zu erreichen. Es ist anzunehmen, daß ein Heiliger ursprünglich mit mehr bösen Zügen ausgestattet war als ein Durchschnittsmensch, denn anders wäre der Anreiz, dic Bosheit zu überwinden, nie so mächtig geworden. Und doch glaube ich, daß es außerdem eine Heiligkeit ohne besonderes Verdienst gibt, die einfach einem Übermaß von Liebe entspringt, dem angeborenen Bedürfnis zu lieben. Und nur in diesem Fall wird einem Menschen auch mit Liebe gedankt. Er gleicht dem bevorzugten Kind, das nie vom Schoß des Vaters verjagt wird und dem auch die anderen dieses Glück gönnen, weil seine Existenz die Güte des Vaters bestätigen soll, von der man sonst nie etwas Gewisses erführe.

15. September.

Jedesmal, wenn ich nach Schönbrunn komme, das Gefühl von Scham und Schuldbewußtsein, wenn ich die Menschenhorde vor gewissen Käfigen sehe. Ein empfindlicher Mensch stellt sich, wenn überhaupt vor Käfige, so lieber vor den des Löwen als den der Affen. Man erträgt ja auch an seinen Mitmenschen viel leichter Fehler, die man zufällig selbst nicht hat und die uns nicht an uns selbst erinnern. So habe ich oft beobachtet, daß notorische Lügner geradezu außer sich geraten, wenn sie selbst belogen werden. Eine Reaktion, die eigentlich rührend wirkt, wenn man ihre Ursache begreift. Wahrscheinlich fühlt sich auch ein einzelner vor dem Affenkäfig nicht wohl und sicher, erst in der Anonymität der Horde ist es ihm möglich, die peinliche Situation sogar noch zu genießen.

16. September.

Es regnet immer noch. Die Stadt versinkt in Trübsinn. Ich sehe, daß (nicht nur bei mir) bei anhaltendem Schlechtwetter die Intelligenz an Schärfe verliert und die allgemeine Vitalität sinkt. Dagegen ist schwer anzukämpfen, das heißt, man verbraucht seine besten Kräfte damit, die Widrigkeiten auch nur zu ertragen.

Gestern auf dem Heimweg Ärger mit einem zudringlichen Menschen, dem ich sehr gerne einen Tritt versetzt hätte. Leider bin ich dazu erzogen worden, keine Tritte zu versetzen, so daß ich, im Notfall, wahrscheinlich gar nicht mehr dazu imstande wäre. Früher einmal bildete ich mir ein, Männer leichter ertragen zu können als Frauen, jetzt fangen sie an, mir auf die Nerven zu fallen. Frauen sind, so unangenehm sie sein können, doch viel individueller und weniger eitel. Außerdem kommt man mit ihnen (von Ausnahmen abgesehen) nicht in die peinliche Lage, daß sie plötzlich, mitten im Gespräch, anfangen, einem die Bluse aufzuknöpfen. Diese letztere Eigenschaft schätze ich an Frauen besonders.

18. September.

Im Umgang mit Kindern, wozu ich ja nicht viel Gelegenheit habe, immer den beängstigenden Eindruck, es mit unerhört hellsichtigen Personen zu tun zu haben, die mich völlig durchschauen, aber zu höflich sind, darüber zu sprechen.

Annette stieg die Stufen vom Westbahnhof hinunter. Rosen blühten noch in den Rabatten, und sie bildete sich ein, ihren Duft zu riechen, aber natürlich roch sie nur den Gestank von Staub und Benzingasen. Es war etwas nach neun Uhr vormittags. Gedankenlos blieb sie am Straßenrand stehen und wartete, bis sich in der Autokolonne eine Lücke bildete und sie auf die andere Seite der Straße laufen konnte. Eine alte Frau, die sie beobachtet hatte, verzog unwillig den Mund und schüttelte mißbilligend den Kopf. Annette lächelte ihr liebenswürdig und schuldbewußt zu, aber die Alte starrte sie weiterhin böse an. Das verdroß Annette. Plötzlich fühlte sie sich erschöpft und gereizt. Eine Zigarette, dachte sie, schnell, eine Zigarette, und dann stand sie schon vor der Tür des Cafés und atmete auf – gerettet. Drinnen war es ganz still und friedlich. Ein paar Leute saßen hinter Zeitungen, auf kleinen Inseln des Alleinseins und der Geborgenheit.

Annette suchte sich einen Platz in der Ecke, zog den Mantel aus und ließ sich in die verschossenen Polster sinken. Während sie die ersten Züge der Zigarette einzog und das vertraute kleine Schwindelgefühl sie erfaßte, dachte sie gar nichts. Es war wunderbar, hier zu sitzen, allein und ganz in Sicherheit, niemand durfte mit seinem Auto in ein Café fahren, Radiomusik war verpönt und um diese Zeit war auch nicht zu fürchten, daß ein Bekannter eintreten werde.

Dann tauchte das Gesicht der alten Frau wieder auf, die ihr Lächeln nicht erwidert hatte, aber beim nächsten Zug verschwand es und versank tief auf den Grund zu all den anderen bösen Gesichtern, die sich auch geweigert hatten zu lächeln und die nur manchmal im Traum nach oben geschwemmt wurden, häßlich, erschreckend und unbegreiflich in ihrer sturen Feindseligkeit.

Der Ober brachte den heißen Kaffee, und das Leben

wurde angenehm und warm. Annette lehnte sich glücklich in die Polster zurück. Sie dachte flüchtig an Alexander, der darauf bestanden hatte, zum Bahnhof begleitet zu werden, obgleich es doch nichts Peinlicheres geben konnte als einen Bahnhofsabschied. Nun, es war ihr nicht darauf angekommen. Und dann wurde ihr klar, daß sie immerfort anderen Leuten zuliebe Dinge tat, die sie gar nicht tun wollte. Warum nur? Sie zerkrümelte das Kipfel in der Hand und vergaß völlig, wo sie war. Der Verdacht stieg in ihr auf, daß diese Gefälligkeiten nichts anderes waren als der Preis, den sie fortwährend dafür bezahlte, daß ihre Bekannten ihr so gleichgültig waren. Ein verhältnismäßig geringer Preis für ihre Kälte und Lieblosigkeit, wenn man ernstlich darüber nachdachte.

Aber wie immer es sein mochte, Alexander war nach Paris gefahren für mindestens ein halbes Jahr, und das war gut so, denn er war schon langsam eine Plage für sie geworden. Alexander mit den schönen, kurzsichtigen Augen, den nervösen Händen und dem unheilvollen Drang, die Dinge zu zerreden.

Sie schüttelte sich ein wenig und lachte leise vor sich hin; niemand würde jetzt ein halbes Jahr lang irgendwelche Komplexe an ihr feststellen und sich in den weitschweifigsten Behauptungen über ihre Reaktionen ergehen. Mochte Alexander sich in Paris ein neues Versuchskaninchen zulegen, sie wünschte ihm alles Glück dazu. Wieder lachte sie vor sich hin, bis der erstaunte Blick des Obers sie zu sich brachte. Ernüchtert setzte sie das Gesicht auf, das sie selbst für unnahbar und abweisend hielt, von dem sie aber nicht ganz sicher war, daß es tatsächlich so wirkte. Heute jedenfalls hatte es Erfolg, denn der Kellner verzog sich in andere Gegenden, und Annette glitt zurück in das weiche Behagen des nikotin- und koffeinsüchtigen Körpers. Während draußen vor den großen Fensterscheiben fremde Menschen vorüberhasteten, lag sie auf dem Grund eines lauen, bläulichen Gewässers, balancierend zwischen Zufriedenheit und leiser Trauer. Es war heute ihr freier Tag, Alexander fuhr nach Paris, und ein halbes Jahr ungestörter Einsamkeit lag vor ihr.

Nach der dritten Zigarette kroch ein schwacher, klebriger Schmerz ihren Nacken hinauf, und leere Übelkeit überfiel sie. Sie steckte die Zigarettenschachtel in die Tasche, atmete ein paarmal tief und war wieder wach und klar. Es gab eine Menge zu tun für sie, und man konnte nicht in irgendeinem Kaffeehaus sitzenbleiben und sich nicht mehr rühren. Der Ober ließ auf sich warten, und Annette, da sie nun einmal beschlossen hatte, etwas zu tun, verfiel sofort in rasende Ungeduld.

Endlich war auch das vorbei, und sie stand auf der Straße. Der kühle Wind schlug ihr den Atem zurück und zwang sie, mit einer Hand den Hut an den Kopf zu drücken und mit der anderen den Mantel zuzuhalten. Der Himmel hing voll Wolkenfetzen, durch die manchmal ein Stück feuchter Bläue brach, und dazu dieser Wind, der hier sommers und winters wehte. Annette vergaß alles, was sie sich zu tun vorgenommen hatte, und war nichts als ein Körper, der sich verzweifelt gegen die heimtückischen Angriffe eines Feindes zur Wehr setzte. Erst als sie in der Straßenbahn stand und erleichtert Hut und Mantel losließ, wurde ihr klar, daß sie eigentlich viel besser mit der Stadtbahn gefahren wäre. Aber dazu war es jetzt zu spät. Sie fuhr also bis zum Ring und mußte dort acht Minuten auf den richtigen Wagen warten, immerfort bestrebt, Hut und Mantel festzuhalten und dabei die Handtasche nicht zu verlieren. Außerdem mußte sie sich auch noch Sand aus den Augen wischen, diesen Sand, der auch zwischen ihren Zähnen knirschte und bestimmt Tausende von Bakterien enthielt, Tuberkel und was man sonst noch zu schlucken bekam. Aber das störte Annette am wenigsten, sie hatte keine Furcht vor Bazillen, ja sie war sogar geneigt, nicht an ihre Existenz zu glauben, da man sie doch nicht einmal sehen konnte. Nun fing es auch noch zu regnen an. Annette trug keinen Schirm bei sich, und hätte sie einen mitgehabt, so wäre es ihr doch unmöglich gewesen, ihn bei diesem Wind aufzuspannen. Sie sah ein paar Minuten interessiert zu, wie sich die Frauen damit abplagten, die Männer schienen in dieser Hinsicht längst resigniert zu haben und zogen nur gekränkt die Hälse ein. Aber wie immer bei derartigen Anlässen, wurde sie bald des jämmerlichen Schauspiels überdrüssig und spürte die heimliche Ungeduld wie winzige glühende Stiche in der Haut. Ich halt es nicht aus, dachte sie, ich halte es einfach nicht aus, und gleichzeitig wußte sie, daß sie es noch stundenlang aushalten würde, ja daß es kaum etwas gab, das sie nicht aushalten konnte. Dieses Wissen, geboren aus hundert Bombennächten, tagelangem Anstellen um ein Kilo Kartoffeln, einen Fetzen Papier oder ein Stück Seife, erfüllte sie mit Ekel. Jahrelang lag das alles zurück, aber das Wissen um die eigene Hartnäckigkeit und Unzerstörbarkeit war geblieben. Zu wissen, daß man so war, unter einem Mantel von Urbanität, so gierig, schamlos und von einer so wütenden Widerstandskraft, dies zu wissen war vielleicht das Schlimmste, was sie der Krieg gelehrt hatte. Annette wünschte jedenfalls, sie hätte es nie erfahren müssen.

Sie starrte mit geweiteten Augen, die den Wind nicht mehr spürten, die feuchtglänzenden Schienen entlang. Vergiß, redete sie sich zu, vergiß ...

Und dann lehnte sie endlich mit dem Rücken am Wagenfenster. Es war nicht warm, aber doch lau von der Ausdünstung so vieler Menschen, und es roch sehr schlecht, wie in einem ungelüfteten Familienschlafzimmer. Annette gähnte vor Luftmangel. Sie versuchte sich auf einzelne Fahrgäste zu konzentrieren, vergeblich, es schien wieder einer jener Tage zu sein, an dem alle Leute häßlich und befremdend aussahen. Es lag, wie sie annahm, nur an ihr selbst; alles, was in ihr dumm und häßlich war, quoll an solchen Tagen über und legte sich als trüber Schleier vor ihre Augen. Dagegen konnte man nichts tun als geduldig warten. Manchmal zerriß dann der Schleier und ein Bild von überwältigender Lieblichkeit enthüllte sich, ein Gesicht, das sie hätte streicheln mögen, oder ein Blick von so glitzernder Bosheit, daß sie zurückwich. Auch das konnte schön und verlockend sein, aber heute zerriß der Schleier nicht.

Der Wagen schleuderte in der Kurve und warf Annette mit Gewalt gegen eine Eisenstange. Ein paar blaue Flekken waren zu erwarten. Ihre Arme und Beine waren immer übersät davon, es genügte, daß jemand im Gespräch sie fester anfaßte, um Abdrücke auf ihrer Haut zurückzulassen.

Plötzlich überfiel sie richtiger Zorn auf Alexander, der diese unangenehme Gewohnheit hatte, so als fürchte er, sein Partner könne die Geduld verlieren und ihm weglaufen, noch ehe er seine Rede zu Ende gebracht hatte. Und warum hatte er darauf bestanden, zur Bahn begleitet zu werden, und was fiel ihm eigentlich ein, damit zu rechnen, sie werde ihn doch eines Tages heiraten. Natürlich hatte sie ihm nicht energisch genug widersprochen, es war so langweilig, immer zu widersprechen, besonders, da er doch nie richtig zuhörte und einfach nicht begreifen wollte.

Und da war wieder die Angst vor ihrer eigenen Gleichgültigkeit, die sie wohl noch dazu verleiten würde, etwas zu tun, was sie auf keinen Fall tun wollte. Eines Tages mußte sie erlahmen und eingefangen werden und sie würde dann keinem anderen Menschen die Schuld geben können als sich selbst. Ich muß mich besser in acht nehmen, dachte sie erbittert, viel besser als bisher.

Sie schloß die Augen, umarmte die Eisenstange und stellte sich tot. Der Schaffner pfiff gellend an ihren Ohren, aber sie zuckte nicht einmal zusammen. Jemand sagte »ein Skandal –« und eine Frauenstimme beschwichtigte »da kann man halt nichts machen«, und dann sagte ganz nahe ein Mann »einfach abenteuerlich«. Annette nickte, ja, das war das Abenteuer, der Geruch fremder Menschen, das kalte Eisen in ihrer Hand und das Gellen der Signalpfeife. Ich mag das nicht, dachte sie, kein Abenteuer, ich will damit nichts zu tun haben, es geht mich ja auch gar nichts an.

Ein heftiger Ruck schleuderte sie gegen eine sehr knochige Person, die unterdrückt aufkreischte, und Annette öffnete die Augen. Gerade zur rechten Zeit. Sie kletterte aus dem Wagen, und da wartete auch schon wieder der Wind auf sie, und Annette, die Hand auf den Hut gepreßt, warf sich ihm entgegen und bog in die kleine Seitengasse ein.

In der Wäscherei mußte sie ein paar Minuten warten, lange genug, um sich ein wenig zu fassen und zu erholen. Es wäre sicherlich notwendig gewesen, in den Spiegel zu schauen und sich ein wenig herzurichten, aber sie ließ es sein. Nie konnte sie sich dazu aufraffen, immerfort diese kleinen lästigen Verrichtungen zu vollbringen, die sie doch täglich alle anderen Frauen tun sah. Alle diese energischen, zielbewußten Geschöpfe, die wußten, wie wichtig eine mattgepuderte Nase war. Man konnte ja auch immer wieder in den Frauenzeitungen lesen, daß das Lebensglück von richtig lackierten Nägeln und der unerläßlichen desodorierenden Seife abhing. Nun, vielleicht war es wirklich wichtig; Annette hatte jedenfalls keine Lust, sich ununterbrochen damit zu befassen.

Wieder fiel ihr Alexander ein, der jetzt irgendwo zwischen Amstetten und Linz sein mußte, und einen flüchtigen Moment lang sah sie die verblaßten Wiesen mit den weidenden Kühen und Schafen, die kleinen Auen und Gehölze vorüberfliegen, und ein vages Verlangen nach dieser Landschaft überfiel sie.

Da schob man ihr das Wäschepaket über den Tisch. »Bitte nachzählen«, sagte die alte mürrische Stimme. »Ein Leintuch, zwei Polster, eine Deckenkappe, fünf Handtücher ...«

Annette seufzte und beugte sich über den Wäschestoß. Man durfte sich keine Blöße geben; es gehörte sich einfach für eine Frau, an Leintüchern interessiert zu sein. Bis zur Übelkeit gelangweilt ließ sie die Wäschestücke durch die Finger gleiten. »Stimmt«, hörte sie sich sagen, mit einer widerlich unnatürlichen Munterkeit. Wieso, dachte sie, tu ich das? Will ich mich einschmeicheln bei dieser Hexe, und was hätte ich schon davon; noch dazu gehört sie zu den Leuten, die mich nie mögen werden. Aber sogleich vergaß sie diesen peinlichen Gedanken und stand, das schwere Paket über den Arm gehängt, auf der Straße.

Eigentlich hätte sie noch zum Kaufmann um die nächste Ecke und ins Milchgeschäft gehen müssen, aber der Gedanke, beide Hände voll mit Paketen, gegen den Wind ankämpfen zu müssen – und wer, in Gottes Namen, würde den Hut halten –, dieser Gedanke ließ sie sofort verzichten. Es mußte noch etwas Brot und Butter im Haus sein, und Milch trank sie sowieso nur anfallsweise aus Pflichtbewußtsein. Erleichtert durch diesen Verzicht, trat sie ins Haustor. Wie die meisten alten Häuser besaß auch dieses keinen Aufzug, und Annette trat den Weg in den dritten Stock an. Die Stiegen erschöpften sie täglich aufs äußerste und waren schuld daran, daß sie, einmal nach Hause gekommen, nicht mehr ausgehen mochte. Und dabei werde ich erst dreißig, dachte sie, und dann vergaß sie auch das und dachte gar nichts mehr, ganz und gar damit beschäftigt, die große Aufgabe zu lösen, die die vier Stiegen ihr stellten. Im zweiten Stock fing das Blut in ihren Ohren zu summen an, und das Atmen schmerzte. Endlich lehnte sie an ihrer Wohnungstür und wartete, bis ihr Herz sich ein wenig beruhigt hatte. Dann erst sperrte sie die Tür auf.

Das Vorzimmer sah heute verschlafen und mürrisch aus. Es roch nach welken Blumen und Bodenwachs, nach dem neuesten Wachs, das parfümiert war und das ein allzutüchtiger Agent Annette aufgezwungen hatte. Der Geruch war tausendmal widerlicher als der alte, ehrliche Terpentingestank. Annette sah einen Moment lang eine schlanke, mittelgroße Person im Spiegel und erschrak. – Dumm, stellte sie fest, das bin ja nur ich, aber sie trat weg vom Spiegel und ging ins Zimmer.

Nach der Kälte der zugigen Straßen war die Kälte in der Wohnung wie ein laues Bad. Annette schloß das Fenster und räumte, noch in Mantel und Hut, das Bettzeug in die Couch. Sie leerte den Aschenbecher und stellte ein paar Bücher auf das Wandbrett, dann zündete sie den Gasofen an und zog den Mantel aus. Der kleine Kamin, dessen Einsatz langsam aufglühte, erweckte die Vorstellung von Wärme. Annette fühlte sich heute sehr müde und daher beschloß sie, sich erst gar nicht hinzusetzen, sondern gleich mit der Arbeit zu beginnen. Sie holte den Staubsauger – die Bedienerin kam nur zweimal wöchentlich – und fing an, den Teppich abzusaugen. Sie arbeitete nicht gern im Haushalt, es erinnerte sie zu sehr an die zwei Jahre in der großen düsteren Wohnung ihrer Schwiegereltern, in der sie sich nicht eine Stunde wohlgefühlt hatte.

Aber es war natürlich unmöglich gewesen, die alten Leute sofort nach Huberts Tod im Stich zu lassen – noch dazu, wo es damals keine Dienstmädchen gab. Dafür, daß der arme Hubert vier Wochen mit ihr zusammen gewesen war, mußte sie zwei Jahre lang wildfremde Teppiche klopfen, Böden wachsen und Geschirr abwaschen. Annette fühlte den alten Zorn darüber aufsteigen, und immer wieder erbitterte es sie ganz besonders, daß ihre Schwiegermutter ihr einfach nachts, wenn sie, Annette, endlich Zeit für sich gefunden hatte – übrigens ohne ein Wort des Vorwurfs –, das Licht abgedreht hatte. Eigentlich war es nur diese eine Sache, die Annette wirklich wütend und verzweifelt gemacht hatte und die sie nie ganz vergessen konnte.

Aber das war ja längst vorbei und nicht wert, daß sie sich jetzt noch darüber erregte, und sie dachte ja kaum noch daran. Nur manchmal, wie jetzt beim Aufräumen, überfiel sie die vergessengeglaubte Beklemmung der Zwanzigjährigen, jenes Gefühl von Hilflosigkeit und Abscheu und die jähe Angst, nie mehr entfliehen zu können und ewig als Schatten zwischen geschnitzten Möbeln, verschmutzten Kristallustern und – Gummibäumen geistern zu müssen. Wahrscheinlich hätte sich auch der arme Hubert zu einem rechten Ekel entwickelt, wäre ihm nicht jede Gelegenheit dazu so plötzlich genommen worden.

Ich bin davongelaufen, dachte Annette triumphierend. Diese Person, die mir einfach das Licht abgedreht hat, soll sich ihre Teppiche selber klopfen. Aber das besorgte jetzt längst wieder ein dienstbarer Geist, an den Annette nicht ohne echtes Mitgefühl denken konnte. Die Luster klirrten, die fette alte Stimme quengelte, und Annette stellte den Staubsauger ab. Allein, dachte sie glücklich, mutterseelenallein, und das Wort schmolz wie Zucker in ihrem Mund.

Sie holte das Staubtuch, um auch das bald hinter sich zu bringen, und zwang sich zu genauem Schauen und rascher Arbeit.

Einmal war ein Engel aufgetaucht in Gestalt eines alten Herrn, der wochenlang hinter bestimmten Büchern hergewesen war, die sie ihm endlich hatte verschaffen können. Und aus dieser Gefälligkeit war schließlich eine kleine Wohnung geworden. Annette wollte gar nicht wissen, welch krumme Wege ihr alter Freund gegangen war, um das Wunder zu vollbringen. Jedenfalls dachte sie täglich voll Dankbarkeit an diesen seltsamen Bücherfreund, der übrigens in der letzten Zeit verschollen war, an diesen Menschen, der sie aus dem Fegefeuer eines möblierten Daseins erlöst hatte. Manchmal hat man eben Glück, dachte sie. Sie wußte, es war nicht das wirkliche Glück, aber doch der beste Glücksersatz, diese kleine Höhle, die nun ihr gehörte und die sie mit Zähnen und Nägeln verteidigen würde (so lächerlich diese Vorstellung auch sein mochte).

Eine Tür hinter sich zusperren, was konnte es schon Besseres geben?

Es war warm geworden im Zimmer. Annette stellte den Ofen ab und ging in die Küche, um das Geschirr vom Abend abzuwaschen. Gestern noch hatte Alexander aus dieser Schale getrunken, aus der, die keine rosa Lippenstiftspur zeigte, und jetzt mochte er irgendwo in der Gegend um Salzburg in den sanftrieselnden Regen schauen mit seinen schönen Eulenaugen. Aber nein, Alexander machte sich nichts aus Gegenden, er hatte bestimmt die Nase in ein Buch gesteckt und alle Schönheit und Melancholie des Herbsttages war an ihn verschwendet.

Annette verlor sich in Träume, vielleicht kam Alexander gar nicht mehr zurück, vielleicht verschluckte ihn Paris. Sie sah ihn eine kleine schmutzige Gasse hinuntergehen und im rötlichen Dunst des Abends verschwinden. Schon gab es keinen Alexander mehr – Paris hatte ihn verschluckt. Seine Teeschale stand im Küchenschrank, gereinigt vom Hauch seiner Lippen; es war nicht einmal mehr ganz sicher, daß es ihn je gegeben hatte. Aus seiner Schale hatte vor ihm Philipp getrunken und noch früher ein Martin, und auch sie waren eines Tages verschwunden und hatten eine aufatmende Annette zurückgelassen, die sich der neuen Einsamkeit freute. Warum sollte es mit Alexander nicht ebenso gehen? Ein halbes Jahr war eine lange Zeit, wenn man sie zwischen zwei Menschen schob. Zwar hatte Annette in unzähligen Romanen das Gegenteil gelesen, aber sie glaubte nicht an Romane, ebensowenig wie ein Arzt an Medizinen glaubt oder ein Jurist an Gesetze. Aber friedfertig, wie sie gestimmt war, räumte sie ein, daß ein halbes Jahr unter besonderen Verhältnissen gar nichts sein konnte. Nur war sie eben nie in derartige Verhältnisse geraten und hoffte, ihnen auch in Zukunft zu entgehen.

Sie stellte den letzten Teller in den Schrank, trocknete sich die Hände ab und ging zurück ins Zimmer. Auf dem Teetisch bügelte sie ihre Wäsche, die schon eine Woche im Kasten gelegen war. Aus der Nebenwohnung erklangen Tonleitern und Skalen, das fremde Kind übte wieder Klavier. Der Straßenlärm drang gedämpft herauf, und Annette sah sich vor dem schwarzen Flügel in Tante Johannes Wohnzimmer sitzen und die verhaßten Fingerübungen machen. Fräulein Rosa beugte sich über sie und roch nach Naphthalin und Pfefferminze. Sie wollte etwas sagen, aber Annette verscheuchte das Bild. Sie hatte beschlossen, jene alten Gegenden nicht mehr zu betreten, eine Tür zuzuschlagen und ein Mensch ohne Vergangenheit zu sein. Fräulein Rosa verschwand gehorsam, und es gab nichts mehr als das fremde Kind von nebenan, das Häufchen Seidenwäsche auf dem Tisch und den düsteren Septembertag vor dem Fenster.

Gegen fünf Uhr erinnerte Annette sich, daß sie noch

nicht gegessen hatte. Sie legte die Näharbeit weg und ging in die Küche. Die Semmel schmeckte zäh, die Butter hatte schon einen leisen Stich ins Ranzige, aber der Tee war gut wie immer, und sein Duft versetzte sie in glückliche Stimmung.

Der Tag, der so unangenehm begonnen hatte, versprach freundlich zu enden. Kein Besuch war erschienen, das Telephon schwieg, und Annette hatte alle Arbeiten erledigt, die sie sich zu erledigen vorgenommen hatte. Sie lobte sich ein wenig, dachte an den kommenden Tag und fürchtete sich schon wieder vor der Fahrt zur Bibliothek. Es war nicht anzunehmen, der kalte Wind werde sich legen, aber jetzt saß sie beim Tee, der kleine Kamin glühte (denk nicht an die Gasrechnung, Annette), die Vorhänge waren zugezogen und ein ruhiger Abend war zu erwarten, ohne Kino, Konzert und ohne Alexanders Vorträge über seine Unabkömmlichkeit vom Institut. Warum auch nicht, dachte sie, und wen geht es schon an, wie ich es mir einrichte.

Später stand sie im Badezimmer und putzte sich pflichtbewußt die Zähne. Jahrtausende war kein Mensch auf die Idee gekommen, das zu tun, und plötzlich tat es jedermann, und ein Mensch, der sich nicht dazu bequemte, mußte in einem verdächtigen Licht erscheinen. Sie erging sich in müßigen Gedanken über diese merkwürdige Tatsache, bürstete ihr Haar und seufzte vor Behagen. Natürlich war es widerwärtig, das Bettzeug erst aus der Couch holen zu müssen, und sie ärgerte sich wie jeden Abend darüber, aber schon lag sie unter der Decke, knipste die kleine Lampe an und streckte sich lang aus. Von der nahen Kirchenuhr schlug es zweimal, erst halb sieben, es war lächerlich, um diese Zeit zu Bett zu gehen, aber sie genoß es sehr. Plötzlich war sie auch wirklich müde. Es war nicht die gewohnte Müdigkeit nach einem Arbeitstag, sondern die Müdigkeit vieler Monate, ja vieler Jahre, immer verdrängt und nie beachtet, die jetzt aus allen Poren sickerte und Annette ganz einhüllte.

Der rote Kriminalroman glitt auf den Teppich, unter unsäglichen Mühen streckte sich eine Hand nach der Lampe aus, dann war es dunkel und still.

Das Kind von nebenan hatte aufgehört zu üben, überall in der Stadt kamen die Menschen von der Arbeit nach Hause; Lichter flammten auf, der Gas- und Stromverbrauch stieg sprunghaft an, und nicht einmal die Schulkinder dachten daran, schon zu Bett zu gehen.

Aber Annette schlief, und mit der Tiefe des Schlafes verwandelte sich ihr Gesicht in eine Maske der Verlassenheit und Leere.

20. September.

Die fremde Frau, die manchmal in die Bibliothek kommt, ein Gesicht, das mich entzückt, Schönheit mit den ersten Zeichen des Verfalles. Manchmal reden wir ein paar Worte miteinander, aber nichts bleibt zurück als meine Bestürzung über so viel Schönheit. Kein persönliches Interesse; ihr Gesicht für mich etwas Ähnliches wie die rosa Nelken auf meinem Tisch. Kummer darüber, daß ich es nicht festzuhalten vermag.

Eine Einstellung, die ich nicht gutheißen kann; diese Frau hat Sorgen und Probleme, die mich mehr interessieren müßten als ihre Schönheit. Ein Mensch, der leidet und denkt, keine rosa Nelke, aber ich kann mich nicht dazu bringen, etwas anderes zu sehen als dieses unglaubliche Gesicht. Ich kann mir vorstellen, daß Schönheit überhaupt eher hinderlich wirkt auf die Entwicklung eines freundschaftlichen Verhältnisses. Manchmal ertappe ich mich beim Wunsch, ein fremdes Gesicht einfach abzulösen und daheim in einer Glasvitrine aufzustellen. Es gibt nichts Liebloseres als einen richtigen Ästheten. Er würde eine Stadt zerstören, um in den Besitz des angebeteten Fetischs zu gelangen. Wenn man diese Gefahr in sich erkannt hat, ist es gut zu wissen, daß immer nur das Leben gilt. Was ist ein Raffael gegen das Licht in den Augen eines Kindes, oder selbst gegen die Wärme einer kleinen Katze. Ich glaube, nur der kann ungefährdet mit Kunstwerken umgehen, der selbst getränkt ist von animalischer Wärme und nie in Versuchung gerät, das Leben zugunsten von Stein, Glas und Leinwand zu verachten.

21. September.

Stirnhöhlenschmerzen, besonders, wenn ich mich bücke. Unglaublich, wie sehr man von so kleinen Beschwerden abhängig ist. Ein Schnupfen genügt, um eine selbstmörderische Depression hervorzurufen. In diesem Zustand kann ich nur Kriminalromane lesen, und zwar am liebsten englische. Wie anheimelnd die bekannte Situation auf dem Landsitz Sir Xs. Die Wochenendgäste mit den unaussprechlichen Namen, die man bis zur letzten Seite verwechselt (ein eingebautes Rätsel im Rätsel). Nie wird man die bittere Erfahrung machen, daß auch Pfarrer, Landärzte (hier sind mir allerdings schon Ausnahmen begegnet), biedere Landwirte und Minister Verbrecher sein können. Keine Lustmorde mit unappetitlichen Details, wie man sie heute in jeder Zeitung lesen muß, und keinem Kind wird ein Haar gekrümmt. Schafe und Böcke streng geschieden und das Unbehagen ausgeschaltet, das uns die Gemischtheit des Lebens täglich bereitet.

23. September.

Träumte, daß ich am Morgen in meiner kleinen Küche einen goldfarbenen Löwen fand, dem sogleich mein Herz zuflog, der aber entschieden nicht in meine kleine Wohnung paßte. Auf meine vorsichtigen Erkundungen in dieser Richtung erklärte er ~~mit Bestimmtheit~~, er werde jetzt immer bei mir bleiben und sich so brav aufführen, daß es keine Schwierigkeiten geben könne. Nach kurzem Zaudern wurden alle meine Bedenken weggespült von der Freude darüber, ein so schönes, starkes und treues Tier zum Freund zu haben. Ich setzte mich auf den Boden, schlang die Arme um seinen Nacken und war einfach glückselig.

Als ich abends nach Hause kam, war die Küche natürlich leer und ich, bei aller Einsicht, tief enttäuscht.

25. September.

Seit Alexander in Paris ist, denke ich mit mehr Freundlichkeit an ihn. Ich möchte ihn nur nicht wieder in meiner Wohnung sitzen haben, oder wenn, dann nicht als Liebhaber. Diese Funktion paßt nicht zu ihm, sie paßt überhaupt zu den wenigsten Männern und nur ganz selten zu einem Intellektuellen. Die Vorstellung, daß alle diese ernsthaften, dezent gekleideten Männer manchmal die Kleider ablegen und, bleich wie Kartoffeltriebe, darangehen, sich eine Stunde mit Liebe zu beschäftigen, hat etwas Obszönes und Lächerliches an sich. Man kann eben nicht ungestraft durch Generationen das Fleisch verachten und mit dem Hirn allein leben. Eines Tages rächt sich das Fleisch.

27. September.

Warum berührt es mich so wenig, wenn ich lese, tausend Chinesen seien bei einer Überschwemmung ums Leben gekommen, während ich mir für einen einzigen unglücklichen Chinesen wahrscheinlich die Füße abliefe, läge es in meiner Macht, etwas für ihn zu tun. Vielleicht sind nicht alle Leute dieser Begrenzung des Mitgefühls unterworfen, ich bin es jedenfalls. Es würde mich interessieren zu erfahren, ob das allgemeine Geschrei nach uns ganz fernliegenden Katastrophen (Erdbeben in Japan, Zugsentgleisung in Amerika usw.) nicht doch nur einer gewissen Sensationsgier entspringt und der unbewußten Schadenfreude, die jeden Menschen befällt, wenn er von fremdem Unglück hört. Noch immer betet ja der Mensch darum, Gott möge das Unheil von ihm und seiner Sippe (die er als eine Art Eigentum betrachtet) abwenden, mit dem Hintergedanken: such doch bitte andere Leute heim, Fremde, die mich nichts angehen. In diesem Punkt hat sich seit Neandertal nichts geändert.

28. September.

Besuchte heute Martha, die ich neulich, nach sechs Jahren, zufällig traf. Mit ihrem Mann und drei Kindern lebt sie in einer Zweizimmerwohnung, und alle gehen einander schrecklich auf die Nerven. Die Kinder hübsch, aber nervös und ungezogen, wie es bei einer derartigen Belastung der Mutter gar nicht anders möglich ist. Martha, mit ihren neunundzwanzig Jahren eine verblühte, magere Frau. Jene armen Kühe fielen mir ein, die in Gebirgsgegenden das Holz ziehen müssen, während im Stall schon die Frau mit dem Melkeimer wartet. Und Martha war einmal auffallend hübsch, gesund und sehr begabt. Sie wirkt nicht einmal verbittert, nur erschöpft und unfähig, an andere Dinge zu denken als an die steigenden Preise und die zerrissenen Socken ihrer Familie, und jeder Frau in ihrer Lage müßte es ebenso gehen. Sie ist sich selbst völlig entfremdet, viel mehr als ihr Mann, der zwar enttäuscht von seinem Beruf und verärgert über die Enge der Wohnung ist, aber sich immer noch ein Stück Eigenleben bewahrt hat und, in Grenzen, seinen alten Liebhabereien nachgeht. Ja, je ärger seine Sorgen werden, desto mehr kapselt er sich in seine Welt ein. Er läßt Martha im Stich, nicht aus Lieblosigkeit, sondern weil er nicht fähig ist, sich selbst völlig aufzugeben. Und ich finde, darin ist er im Recht – seine Schuld ist es aber, daß er Martha in eine so untragbare Lage gebracht hat. Ging ganz bedrückt heim. Mehr noch als der Gedanke an Martha berührte mich die Vorstellung von diesen Kindern, für die der Beserlpark die Natur ist und ein winziger gepflasterter Hof mit nichts darin als stinkenden Müllfässern der Spielplatz. Und ich frage mich, von welcher Armut und Spärlichkeit müssen später ihre Träume sein. Dabei ist Armut nicht das schlimmste, jedenfalls nicht so schlimm wie dieser standardisierte Halbkomfort, die idiotischen Musterchen an den Wänden, das glatte Linoleum, Gasherd und Kühlschrank, alles sauber und völlig steril.

Wie gut haben es dagegen die armen Keuschlerskinder, mit dem Ziehbrunnen vorm Haus, dem Stall neben der Stube und dem dumpfen warmen Geruch der Mutter neben sich im Bettstroh. Sollte eines von ihnen Generaldirektor werden, was ja in demokratischen Zeiten möglich sein müßte, ist es nicht schwer zu erraten, wovon er träumen wird. Wonach aber werden sich Marthas Kinder sehnen, wirklich nach einem noch spiegelnderen Linoleum, nach einem größeren Eisschrank und einem Superstaubsauger? Was man allen diesen Kindern antut, ist ärger als die Verstümmelung der kleinen Kater, die friedlich und leer in ihren Körbchen liegen, statt nachts miauend über die Dächer zu streichen. Martha sind wenigstens Träume und Erinnerungen geblieben. Wer weiß, ob sie nicht im Traum durch den großen Dachboden ihres Elternhauses wandert, unter grauen Spinnweben und Wespennestern bis zur Dachluke, aus der man die große Ulme und die rauschende Grasflut im Nachbargarten sah. Niemand kann ihr diesen Dachboden mit seinen alten Möbeln, dem zersprungenen Geschirr und der großen

Wäscherolle nehmen, auch wenn heute an seiner Stelle sich ein flacher Dachgarten ausbreitet, auf dem ausgezogene Büromädchen in der Sonne braten. Natürlich möchte ich die Zeit nicht zurückdrehen; erst die Vergänglichkeit macht die Dinge kostbar, außerdem gönne ich den armen Tippfräulein das bißchen Licht und Luft.

Die Furcht, die mich beschleicht beim Anblick ihrer gleichgeschminkten Münder und ihrer kurvenreichen Körper, mit deren Hilfe sie Weiblichkeit so vollendet vortäuschen, diese Furcht der Leute aus einer zerbröckelnden Welt hat es immer gegeben. Man muß sich mit ihr einrichten. Übrigens werde ich Martha nicht mehr besuchen, es wäre sinnlos und könnte ihr höchstens wehtun. Meine Gegenwart müßte sie an die frühere Martha erinnern, und das soll sie nicht.

30. September.

Alexander schreibt, ich solle an die Zukunft denken. Er meint damit natürlich nur die Zeit seiner Rückkehr. Wenn ich an die Zukunft denke, sehe ich ein schwarzes Brett vor mir. Ich hab nie die Leute verstanden, die immer mit einem Fuß voraus leben. Was wir haben, ist die Erinnerung, oder vielmehr, wir werden von ihr besessen, ob es uns gefällt oder nicht.

Wirklich ist nur der Augenblick, die Rose in der gelben Vase, Straßenlärm, ein Gesicht im Vorübergleiten und manchmal, als bleibe die Zeit einen Atemzug lang stehen, das Gefühl, aus der blinden Dunkelheit komme etwas auf mich zu – ein Gutes, ein Böses, ich weiß es nicht, ich spüre nur, daß es unterwegs ist, um mich zu holen, und dieses Wissen macht mich ganz ruhig und leer.

1. Oktober.

Ein sehr bekannter Schriftsteller schreibt: »In unserer Eigenschaft als Menschen verfügen wir über Hoheitssiegel, die schwer zu brechen sind, wenn wir sie nicht selbst beschädigen.« Möglich, daß »Blutsauger« und »Freudenmädchen« durch ihren Beruf besonders gefährdet sind, aber es werden auch brave Ehefrauen, Trafikanten und alte Postfräulein ermordet. Oder waren vielleicht alle Juden und Ausländer, die vergast wurden, von jenem Typ, der zum Abschlachten lockt? Offenbar war ihr Hoheitssiegel schon zerbrochen, als ihnen dies zustieß, und kein Mensch hätte sich sonst an ihnen vergriffen. Und wir alle, die verschont geblieben sind, verdanken dieses Glück unserer persönlichen Hoheit und Unverletzlichkeit. Es wäre angenehm und schmeichelhaft, das glauben zu können, aber alle Tatsachen sprechen dagegen.

Wenn es ein Hoheitssiegel des Geschöpfes gibt (wobei ich das Tier nicht ausschließe), so liegt es in seiner Fähigkeit zu leiden. Wenn ich einen Wurm zertrete, ist er in diesem Augenblick ein adeliges Wesen im Vergleich zu mir. Das fühlen die Quäler und Mörder auch sehr gut, daher ihr unstillbarer Haß gegen ihre Opfer. In diesem einen Punkt sind die Geschöpfe ihrem Schöpfer überlegen. Man könnte sogar annehmen, daß Christus nichts anderes bedeutet als die Aufgabe der Schmerzlosigkeit Gottes. Einem Gott, der leidet und erniedrigt wird, haben die Geschöpfe nichts mehr voraus.

3. Oktober.

Gewissen Leuten gegenüber begehe ich immer wieder den Fehler einer unverzeihlichen Nachsicht. Erkenntnis nützt da gar nichts. Es ist natürlich ein Unding, einem Menschen alles und jedes zu verzeihen, nur weil seine Nase uns zu Gesicht steht. Und doch, risse man sich diese

Schwächen aus dem Herzen, könnte der Blutverlust so groß sein, daß man aufhörte zu leben. Früher einmal war ich ein Freund von Radikallösungen, je älter ich werde, desto größer wird meine Scheu davor. Durch derartige plötzliche Entschlüsse und durchgreifende Änderungen wird ein Meer von Kummer entfesselt, und ich frage mich, ob der Erfolg, nämlich die Befriedigung darüber, konsequent gehandelt zu haben, das alles aufwiegt. Man gewöhnt sich so daran, in Kompromissen zu leben. Eine Art zu leben, die mich nicht sehr befriedigt, aber jedenfalls Katastrophen und unnützes Leid vermeidet.

4. Oktober.

In ausgesprochenen Damengesellschaften überfällt mich manchmal Furcht vor meinem eigenen Geschlecht.

Es scheint mir dann, ich könnte es eher ertragen, eine Nacht lang mit drei Schmugglern zu trinken und zu spielen, und ich würde mich in ihrer Gesellschaft sicherer und behaglicher fühlen. Diese abschätzenden Blicke und zuckersüßen Beleidigungen hinzunehmen, geht über meine Kraft, da ich sie nicht mit gleicher Münze zurückzahlen kann. Ich weiß ja, warum viele Frauen so und nicht anders sind, und mein Mitgefühl und Verständnis müßte stärker sein als meine Furcht und Abneigung. Am vernünftigsten ist es natürlich, mich nicht in derartige Situationen zu begeben – und ich tu es ja auch nur ganz selten, wenn ich wirklich nicht entschlüpfen kann.

5. Oktober.

Seit Monaten übt meine Bedienerin eine wahre Tyrannei an mir aus. Nicht etwa, daß sie schimpft oder unbotmäßig ist, im Gegenteil, sie gehorcht meinen Anweisungen ohne Widerrede und läßt es nicht an Anstand fehlen, aber diese Person ist von einer so penetrant zur Schau gestellten Armut, daß ich sie nicht ohne Schuldbewußtsein anschauen kann. Einen Mantel, drei Kleider und etliche Paar Schuhe habe ich ihr geschenkt, ich bezahle sie besser als ihre viel tüchtigere Vorgängerin, und noch immer spüre ich ihren dunklen, gekränkten Blick im Rücken. Sie zieht auch nie an, was man ihr schenkt, sondern trägt tagaus tagein ein unvorstellbar schäbiges Kleid und einen verschossenen, viel zu kleinen Mantel. Haar und Augen sind schwarzgrau wie der Mantel, und das gelbe Gesicht hebt sich kaum vom Kleid ab. Wie werde ich dieses Unglücksgeschöpf jemals los? Ich könnte natürlich eine Ausrede finden, um sie zu entlassen, aber ich weiß, sie würde mich durchschauen. Obgleich ich, nach ihrer Arbeitsweise zu schließen, starke Zweifel an ihrer Intelligenz hege, scheint sie doch immer zu wissen, warum ich etwas tue oder sage. Sie weiß längst, daß ich sie los sein möchte und einfach nicht wage, es ihr zu sagen. Ein feines Lächeln heimlichen Triumphes spielt dann um ihren kummervoll verkniffenen Mund. Ich müßte sie einmal nach ihren Verhältnissen fragen, aber ich fürchte mich, von unvorstellbaren Schicksalsschlägen und Trauerfällen zu hören. Dabei besteht mein Schuldbewußtsein zu Recht. Was sind ein paar Kleider und Schuhe im Vergleich zu dem, was diese Frau wirklich brauchte. Könnte ich echtes Mitgefühl aufbringen, wären diese Geschenke überflüssig. Dann würde ich auch wagen, ihr zu sagen: »Liebe Frau Y, ich bedaure Sie zwar sehr, aber Sie sind eine so miserable Bedienerin, daß ich Sie unmöglich länger behalten kann. Da ich aber kein Mitgefühl, sondern nur Unbehagen empfinde, muß ich versuchen, Sie durch Geschenke zu bestechen.«

Das alles ist ziemlich kompliziert. Wahrscheinlich sind die sogenannten wohltätigen Leute ebenso wie ich nur Bündel schlechten Gewissens. Man sollte sich überhaupt vor Unglücklichen in acht nehmen. Ich meine nicht das zufällige Unglück, das jeden Menschen treffen kann, das kommt und geht und bei dem Hilfe von außen möglich und notwendig ist, sondern das wahre Unglück, das aus der Person des Betroffenen zu wachsen scheint. Vor diesen Leuten sollte man die Flucht ergreifen, und jeder täte es auch, verböte ihm nicht der Anstand, diesem Instinkt zu folgen.

Ich werde Frau Y weiterbehalten.

7. Oktober.

Ich bin unfähig, von gewissen Leuten Liebe oder Freundschaft anzunehmen. Ein quälendes Gefühl der Leere überfällt mich dann, und ich könnte schreien vor Langeweile. Im Haushalt der Sympathien stimmt so vieles nicht. Manchmal bin ich überzeugt davon, daß alle Leute, die mir etwas bedeuten, sich meine Zuneigung nur gefallen lassen, ebenso wie ich andere um mich dulde. Das bringt mich dazu, zurückhaltender zu sein, als ich eigentlich bin. Eine Atmosphäre temperierter Freundlichkeit ist zwar angenehm, aber völlig steril und wertlos. Nur möchte ich in dieser verrückten Welt lieber ein stiller und unauffälliger Narr und meinen Mitnarren möglichst wenig lästig sein.

8. Oktober.

Man hat mir eine besser bezahlte Stellung angeboten. Wahrscheinlich könnte ich mich einarbeiten. Da es aber dort einen sehr aktiven Chef gibt, verzichte ich darauf. In der Bibliothek bin ich frei, kein Mensch macht mir Vorschriften, und ich weiß, daß ich mich sehr schwer unterordnen kann. Ich kann nicht behaupten, daß ich von meinem Beruf besessen bin, aber es ist eine ruhige, saubere und manchmal sogar interessante Arbeit, und das ist mehr, als die meisten Leute finden. Vielleicht hat sie den

Nachteil, meinen Hang zur Verkrochenheit und Eigenbrötelei zu fördern. Biologie oder Medizin hätte mich wahrscheinlich mehr befriedigt, aber das ist nicht mehr zu ändern. Wer hat schon das Glück, einen wirklichen Beruf zu finden? Ich werde jedenfalls in der Bibliothek bleiben.

9. Oktober.

Gedrückte Stimmung. Es mag am Wetter liegen, oder vielleicht bin ich doch zuviel allein.

11. Oktober.

Meta auf zehn Minuten in der Bibliothek, erfrischend und anstrengend wie jedesmal. Ich kenne keine Person, die sich weniger dazu eignet, Kinder zu erziehen, und doch wird sie fertig mit ihnen. Sie ist imstande, in einer Aufwallung von Jähzorn mit dem dicken Wörterbuch um sich zu werfen, gerät darüber in Verzweiflung und weint mit dem geschlagenen Opfer. Und die Mädchen beten sie an. Ein Kind unter Kindern, das dürfte das Geheimnis ihres Erfolges sein. Während dieser zehn Minuten erzählt sie mir so viel, daß ich acht Tage dazu brauche, um es zu verdauen, und wenn ich endlich soweit bin, erscheint sie wieder, hat alles vergessen und überfällt mich mit ihren neuesten Problemen. Ich hab Meta übrigens sehr gern.

13. Oktober.

Immer wenn ich junge Mädchen sehe, das heißt, eine gewisse Sorte junger Mädchen, spüre ich Rührung und Zärtlichkeit für diesen Glanz, der in wenigen Jahren zerstört sein wird. Bei Frauen verschwindet der kindliche Schmelz viel früher als bei Männern, die ihn oft noch mit vierzig besitzen. Ich glaube, das kommt daher, daß die Frau als nützliches Wesen gedacht ist. Das ganze Getue um Schönheitsköniginnen, Mode, Cremes, Parfums und

Frisuren ist nichts als eine von geschickten Kaufleuten aufgezogene Lüge. Das Schlagwort »Alles für die Dame« sollte besser heißen »alles für den Profit«. Jedenfalls kann diese verlogene Betriebsamkeit um weibliche Belange nicht darüber hinwegtäuschen, daß Glanz und Flitter im ganzen Tierreich dem gar nicht nützlichen Männchen zustehen.

Der Wind trieb einen Zeitungsfetzen die Straße entlang. Annette sah ihm nach und gähnte. Obgleich sie acht Stunden geschlafen hatte, war sie nicht richtig ausgeruht. Irgendein Gedanke hatte sie sogar noch im Traum belästigt und verfolgt. Jetzt allerdings hatte sie ihn völlig vergessen, und das war auch wieder ärgerlich, denn möglicherweise war es ein wichtiger oder aufschlußreicher Gedanke gewesen. Annette wußte, daß sie im Traum von einer Hellsichtigkeit war, die am Tag fast ganz erlosch. Sie beschloß, endlich zu frühstücken und der langweiligen Grübelei ein Ende zu bereiten. Annette frühstückte übrigens jeden Tag mit Begeisterung, es war die einzige Mahlzeit, die ihr Vergnügen machte und der zuliebe sie eine halbe Stunde früher aufzustehen pflegte. Nachher lehnte sie sich zurück und zündete eine Zigarette an. Sie machte ein paar Notizen auf der leeren Schachtel und entschloß sich, den Kinobesuch mit Meta zu streichen. Sie hatte keine Lust, sich an diesem Abend abzuhetzen, noch dazu bei so schlechtem Wetter. Meta würde sie gar nicht vermissen, sie hatte genug Bekannte, die gerne mit ihr ausgingen. Plötzlich freute sich Annette auf den ruhigen Abend, sie wollte noch eine halbe Stunde lesen und dann schlafen, allein und möglichst ohne Träume. Sie zerdrückte die Zigarette und stand auf.

Um fünf vor acht betrat sie ihr Arbeitszimmer. Sie haßte es, zu spät zu kommen, es war in den vier Jahren, die sie hier arbeitete, nur drei- oder viermal passiert, und auch das war nicht ihre Schuld gewesen, sondern die der unberechenbaren Straßenbahn.

Annette wußte, daß man sie als Arbeitskraft, als Kollegin und schließlich auch als Frau schätzte, und das zu wissen war angenehm. Im stillen belustigte sie sich über die Eitelkeit, die ihr verbot, unhöflich, launenhaft und schlampig zu sein. Längst hatte sie herausgefunden, daß sie an der Unzulänglichkeit ihrer Umwelt doch nichts ändern konnte, ob sie sich wie eine Wilde aufführte oder wie ein Lamm, es war ganz einerlei. Nur erleichterte es das Leben beträchtlich, wenn sie gute Miene zum bösen Spiel machte, und das war auch weiter nicht schwierig, besonders da es ja nicht ihr Spiel war. Er war kein Verdienst, als Zuschauer höflich und unberührt zu sein.

Aber was war eigentlich ihr Spiel? Sie wußte es nicht. Früher hatte sie manchmal versucht, sich in fremde Spicle cinzuschmuggeln, aber nach kurzer Zeit hatte sie sich immer wieder an der Stelle des Zuschauers ertappt. Ihre kurze Ehe, ihre Liebeleien und Freundschaften waren nichts anderes gewesen als derartige Versuche. Skeptisch und fast widerwillig ließ sie sich noch manchmal dazu verleiten, mitzuspielen, aber nur, weil sie kein Spaßverderber sein mochte. Manchmal bildete sie sich ein, zu wenig Widerstandskraft gegen ihre Umgebung zu besitzen, aber dann sagte sie sich, das mochte nur daran liegen, daß niemand ihre Widerstandskraft herausfordern konnte. Es gab auch Augenblicke, in denen sie eine vage Verzweiflung überkam wegen dieses Ausgeschlossenseins. Aus ihrer Kindheit, so jäh unterbrochen durch die Übersiedlung zu Tante Johanne in die Stadt, aus dieser fernen Zeit war ihr eine dumpfe Erinnerung geblieben an ein ganz anderes Leben, an ein großes Feuer, das jetzt mit Asche bedeckt war und bald ganz ersticken mußte. Sie sah ihr

Gesicht im Spiegel, und es war nicht das Gesicht einer Dreißigjährigen, eher das Gesicht eines Kindes, das zufällig schon dreißig Jahre lebte, ein zeitloses, ein wenig unheimliches Gesicht, wenn sie bedachte, wie oft es geschlagen und geküßt worden war, ohne daß Küsse und Schläge es zu zeichnen vermocht hatten. Eines Tages, dachte sie, werde ich aufwachen und alt sein, und dieser Gedanke war beruhigend, denn sie war ihres Gesichtes überdrüssig.

Aus irgendeinem Grund hatten die Leute, besonders einfache Leute, Vertrauen zu ihr, vielleicht, weil sie die Geduld, mit der Annette ihnen zuhörte, für Interesse hielten. Und was sie da zu hören bekam, erfüllte sie mit Beschämung. So heftiger Gefühle also waren die Menschen fähig. Das mindeste, was man für sie tun konnte, war zuhören, selbst wenn es meistens ziemlich geschmacklos und ungereimt klang. Haß, Liebe, Rachsucht, Ehrgeiz, Habgier – Annette fühlte sich überwältigt und schwindlig davon.

Sie hatte ihren Mann verloren, war im Keller verschüttet gewesen, hatte gefroren und gehungert und doch – hier saß sie und wußte, daß nichts davon unter ihre Haut gedrungen war. Selbst wenn die Mauertrümmer sie damals erstickt hätten, es wäre gar nicht ihr richtiger Tod gewesen, sondern ein dummer und schmutziger Zufall. Der wirkliche Tod mußte schon früher eingetreten sein, oder er wartete noch auf sie, es war ihr auch ganz gleichgültig. Sie saß vor ihrem Schreibtisch und ging die Liste der neu angekauften Bücher durch, und allmählich vergaß sie sich selbst vollkommen.

Die ganze Woche hindurch wehte der Wind. Einmal steigerte er sich nachts zu einem kleinen Sturm, der aber gegen Morgen wieder abflaute. Die Tage vergingen, Annette durcheilte sie, die Hand auf den Hut gepreßt, gegen fremde Körper geschleudert in der Straßenbahn, vor ihrer

Schreibmaschine und den Bücherregalen, atemlos an der Tür lehnend und schließlich gerettet im Bett. Am Ende der Woche tauchte sie aus ihrer Benommenheit auf und fand sich vor einer Schale Tee und sehr allein, und sie beschloß, für das nächste Wochenende ein paar Leute einzuladen. Es gab eigentlich nichts zu feiern, aber es genügte ja, daß der Wind sich endlich gelegt hatte; es regnete jetzt ruhig und lau.

Zehn Minuten später war von ihrer Begeisterung schon nichts mehr vorhanden. Verärgert über ihre eigene Wankelmütigkeit beschloß sie, jetzt erst recht zu feiern und keineswegs auf ihre Launen einzugehen. Sie dachte an Onkel Eugen, Meta, das Ehepaar Goldener und den jungen Heym. Es waren ein bißchen viel Leute für ihr Zimmer, aber es mochte gerade noch angehen.

Unter den Geladenen war kein einziger Mann, der als Mann in Frage kam. Herr Goldener war reizend, aber verheiratet und in seine Frau verliebt, der junge Heym zu ungewaschen und Onkel Eugen war eben Onkel Eugen. Und das gefiel Annette an ihrer Gesellschaft am besten. So war es gut, neutrale, ein wenig lauwarme Gespräche, gedämpfte Zuneigung und die Nähe menschlicher Körper, die die Einsamkeit aufsogen, die sich in der Wohnung angesammelt hatte. Annette wollte das Fenster schließen, sie ging nicht gern an offene Fenster, weil sie nicht schwindelfrei war. Der Anblick der winzigen Figuren, die über das Pflaster eilten, verursachte ihr beklommenes Herzklopfen. So hatte sie sich angewöhnt, beim Öffnen und Schließen eines Fensters nur den Himmel zu betrachten. Seltsam, daß der Himmel keinen Schwindel verursachte; nie versuchte er sie aus dem Fenster zu ziehen, hinauf durch die grauen Wolken und in die glitzernde Bläue. Nein, er hatte nichts Verlockendes an sich, gefährlich war nur die Erde, unter den glänzenden Pflasterseinen verborgen und doch stark genug, um Annette aus dem Fenster zu ziehen.

Aber jetzt bestand keine Gefahr mehr. Die Doppelfenster waren geschlossen und die nasse Dämmerung hinausgesperrt. Annette lehnte die Stirn gegen die Scheibe und wunderte sich. Warum, dachte sie, lade ich mir Gäste ein, es ist doch so schön hier allein, warum muß ich mir das, und sei es auch nur für einen Abend, wieder zerstören?

Jemand war lautlos ins Zimmer getreten, sie konnte seinen Blick im Nacken spüren. Sie kannte dieses Gefühl. Alexander und seine Vorgänger verdankten ihm die angenehmen Stunden, die sie in dieser Wohnung verbracht hatten. Sie hatte es nur eine Zeitlang vergessen gehabt, denn Alexander war immerhin fast zwei Jahre zu ihr gekommen. Und jetzt war er kaum zwei Wochen weg, und schon war der gewisse Jemand wieder aufgetaucht. Sein stummes Gelächter erfüllte den Raum. Gewaltsam riß Annette sich herum. Das Zimmer war leer, alle Möbel standen an ihrem alten Platz, und aus dem Aschenbecher stieg eine feine graue Rauchspur auf. Annette war verwirrt; nie würde sie schnell genug sein, um ihn zu ertappen, da es ihn doch gar nicht wirklich gab.

Sie trank den kaltgewordenen Tee aus, der plötzlich bitter schmeckte, und überlegte, ob sie nicht doch weggehen sollte, irgendwohin, wo es andere Menschen gab, aber sogleich verwarf sie den Gedanken wieder. Es war so unerfreulich, nach Hause zu kommen, mit dem Gefühl, jemand halte sich in der Wohnung versteckt und lache über sie, die blind war und ihn nicht sehen konnte. Das Vorzimmer roch dann ganz fremd nach Kälte und Nichts. Ja, genau das war es, nach Nichts.

Sie ging zum Schreibtisch und zwang sich dazu, ein paar Briefe zu schreiben und an etwas anderes zu denken, aber es konnte natürlich nicht gelingen. Die Briefe fielen so unpersönlich und gleichgültig aus, daß sie alle wieder zerriß.

Vor dem Schlafengehen sperrte sie die Zimmertür ab und lächelte über dieses kindische Beginnen. Tante Johanne, anzusehen wie der alte Fritz, schüttelte verächtlich den Kopf, und Annette konnte ihr nur beistimmen. Sie überlegte, ob andere Leute auch so töricht waren wie sie. Jedenfalls konnte man es ihnen nicht ansehen, oder sie schämten sich ebensosehr wie sie, eine derartige Schwäche zuzugeben. Ist das der Grund, dachte sie, warum sie heiraten, in Gesellschaft gehen oder sich Hunde und Katzen halten? Es schien ihr ehrenhafter, die Belästigungen des Unsichtbaren zu ertragen, sein lautloses Lachen zu hören, als andere Geschöpfe als Mittel zum Zweck zu benützen, und dann fiel ihr ein, daß sie genau das immer wieder getan hatte.

Sie lag, den Rücken zur Wand gekehrt, immer den Feind im Auge behaltend, und versuchte einzuschlafen. Alles war heute so weit weg von ihr, der Tisch, die Sessel, und obgleich es dunkel war, glaubte sie zu sehen, wie sie immer noch weiter von ihr abrückten. Selbst der Straßenlärm klang, als müsse er nicht nur zwei Glasscheiben, sondern unendlich dicke Mauern durchdringen.

Sie drehte das Licht an und begann zu lesen. Aber das Gelesene drang nicht bis zu ihr durch. Nach zwanzig Seiten wußte sie noch immer nicht, wovon eigentlich die Rede war, aber sie wurde schläfrig davon und ließ nach einer völlig vergeudeten halben Stunde das Buch auf den Bettvorleger fallen. Die Einladung war doch keine üble Idee, nachher mochte es wieder eine Zeitlang besser sein. Ihre Gedanken verloren den Zusammenhang und verwirrten sich immer mehr. Manchmal tauchte sie wie aus einem Fiebertraum auf und wurde wieder hinabgezogen in das sanfte, klebrige Gespinst, das sie wie Seide einhüllen wollte. Warm war es in dem großen, grauen Kokon, dunkel und still, und bald konnte kein Blick von außen das dichte Gehäuse durchdringen. Mit leiser Schadenfreude schlief sie ein.

15. Oktober.

Obgleich mein körperliches Befinden, wie immer im Herbst, nicht schlecht ist, überfällt mich oft eine grundlose Traurigkeit. Wahrscheinlich könnte ich sie verdrängen, wenn ich unter Leute ginge, aber ich mag nicht. Man muß, glaube ich, derartige Stimmungen einfach hinnehmen und ertragen, dann hinterlassen sie keinen üblen Nachgeschmack.

Alexander gefällt es in Paris; es wird ihm überall gefallen, wo er Gleichgesinnte trifft, mit denen er debattieren kann. Er ist nicht, wie ich, von Gegenden, Räumen und hundert anderen Einflüssen abhängig, und ich gönne ihm dieses Glück von Herzen. Manchmal sind alle Dinge besonders nachsichtig und liebevoll zu mir; so haben die roten Schuhe ganz plötzlich aufgehört, mich zu drücken. Und doch ist da diese Traurigkeit, die mich einspinnt und von mir entfernt.

Dr. Gregor Xanthner saß hinter seinem schwarzen Schreibtisch, und Annette nahm das oberflächliche Bild eines großen, gesunden Mannes auf und fühlte sich irritiert. Dieser Mensch gehörte nicht hierher.

Graue Augen sahen sie an mit dem Ausdruck kaum gebändigter Energie und wacher Klugheit. Annette setzte sich und hörte sich an, was sie ja schon wußte, nämlich, daß ihr Vater ihr kaum etwas hinterlassen hatte und daß man dieses Wenige nicht sogleich flüssig machen könne, daß er, Dr. Xanthner, sich aber bemühen werde, es doch zu tun.

Sie fühlte sich plötzlich zufrieden und fast ein wenig schläfrig, als löse eine heftige Spannung sich in nichts auf. Sie hörte den Anwalt mit seiner Sekretärin telephonieren, sah seine breite, kräftige Hand mit dem schwarzen Siegelring auf den Akten liegen und den Takt zu diesem Gespräch klopfen. Es war keine nervöse Hand, nur eine Hand, die danach brannte, zuzugreifen und etwas zu tun, und da es nichts für sie zu tun gab, klopfte sie diesen leichten, heiteren Takt, eine imaginäre Melodie der Arbeit und Lebenslust.

Annette versprach wiederzukommen und ein paar Unterlagen mitzubringen. Dann unterschrieb sie eine Vollmacht und sah den Blick der grauen Augen ruhig und abwägend auf sich gerichtet.

Als sie auf der Straße stand, hatte sie das Gefühl, etwas vergessen zu haben. Sie durchwühlte ihre Handtasche, aber da fehlte nichts, und Schirm hatte sie ja keinen mitgehabt. Auch die Handschuhe waren da, alles mußte demnach in Ordnung sein, aber eine Stimme aus dem Unterbewußtsein sagte ihr, daß sie doch etwas vergessen hatte. Sie schüttelte unwillig den Kopf und rettete sich durch einen Sprung vor einem rasenden Motorroller.

17. Oktober.

Erwachte gegen Mitternacht in einem Zustand schwebenden Entzückens und vollkommenen Glücks. Versuchte mich an den Traum zu erinnern, da ich aber sofort wieder eingeschlafen bin, ist mir nichts geblieben als das Gefühl, nach einer mühevollen Wanderung endlich erlöst zu sein von aller Angst und etwas Langgesuchtes wiedergefunden zu haben. Eine große Tür, die mir gut bekannt war. Alles andere völlig verschlafen und jetzt, da ich es niederschreibe, nur noch die Erinnerung einer Erinnerung, aber noch immer das Gefühl von Freude und Ruhe.

Onkel Eugen erschien pünktlich. Er machte Annette ein paar Komplimente über ihr Aussehen und war immer noch der einzige Mann, dessen Artigkeiten sie aufrichtig freuten. Einmal im Zimmer, verwickelte er sie in ein Gespräch über Atombomben. Annette starrte ihn an; in mancher Hinsicht erinnerte er sie an sie selbst. Nie wäre es ihm eingefallen, unaufgefordert von sich zu erzählen, und so machte er immer den Eindruck, er verschweige etwas. Vielleicht hatte er gar nichts zu verschweigen, dagegen aber sprach sein Gesicht, das Gesicht eines Mannes, der zuviel nachgedacht und gelebt hatte und davon alt und müde geworden war. Das Fleisch seiner Wangen schien nur noch lose mit dem Knochen verbunden, als könne es im nächsten Augenblick von ihm abfallen.

Aber diese Vorstellung hatte nichts Erschreckendes für Annette, Onkel Eugen hätte sicher noch ein sehr liebenswertes Gerippe abgegeben.

Sie lobte sein pünktliches Erscheinen, und er tat so, als freue er sich darüber. Möglicherweise freute er sich wirklich, man wußte das bei alten Leuten nie so genau. Sie stellte die Nelken, die er mitgebracht hatte, in diesen Dingen ebenso verschwenderisch wie sie, ins Wasser, und für ein paar Sekunden versetzte sie der starke Duft in leise, glückliche Erregung. Onkel Eugen war übrigens der einzige Mann, der ihr Blumen brachte, andere schenkten Konfekt oder Bücher, sie genierten sich offenbar, mit Blumen in der Hand auf der Straße gesehen zu werden. Onkel Eugen genierte sich niemals, er küßte sie öffentlich, kaufte eigenhändig Damenwäsche ein, wenn es sein mußte, und einmal hatte Annette ihn in einem ziemlich vornehmen Lokal gesehen, wie er gerade einer älteren, ärmlich gekleideten Frau die Speisen vorlegte. Es konnte ebensogut eine heruntergekommene frühere Geliebte sein wie eine arme Verwandte oder seine Bedienerin. Annette verglich ihn mit ihren jungen Freunden und glaubte den Unterschied entdeckt zu haben. Onkel Eugen besaß einfach Zivilcourage. Er kümmerte sich nicht darum, was andere Leute von ihm dachten, und das ersparte ihm jenes unglückliche, verkrampfte Aussehen, das Annette an den meisten Männern so sehr mißfiel. Er plauderte jetzt über Nelken, und es war angenehm, ihm zuzuhören. Sie bereute schon, ihn nicht allein eingeladen zu haben, er hätte ihr völlig genügt. Sie kam in Versuchung, ihn zu fragen, ob er auch zuweilen seine Zimmertür versperrte, und gewiß wäre er mit der gewohnten heiteren Selbstverständlichkeit darauf eingegangen, aber sie fragte ihn nicht, und Onkel Eugen kehrte von den Nelken wieder auf die Atombomben zurück und gab sich ehrlicher Entrüstung hin über diese Erfindung des Teufels, als es klingelte.

Vor der Tür stand der Rest der kleinen Gesellschaft. Meta, die Goldeners und der junge Heym. Onkel Eugen küßte den Damen die Hand und fing an, sich mit Herrn Goldener zu unterhalten, instinktiv sogleich den würdigsten und bedürftigsten Partner erkennend. Der junge Heym zog ein Schnäuzchen und schien angestrengt darüber nachzudenken, wie er die Aufmerksamkeit auf sich lenken könne. Annette, als Gastgeberin, hätte ihn eigentlich unterstützen sollen, fand aber, es tue ihm ganz gut, einmal nicht im Mittelpunkt zu stehen und ging in die Küche. Meta kam nach einer Weile und setzte sich auf den Küchentisch, in einer Pose, die nicht gerade dezent wirkte, außerdem war Meta viel zu schwer für den kleinen Tisch.

»Ich sag dir«, behauptete sie, »dieser Heym ist eine Geißel Gottes – er hat bestimmt Gedichte mitgebracht.«

Annette wagte nicht zu widersprechen, denn der junge Heym brachte immer Gedichte mit. »Du mußt halt bedenken«, sagte sie, »daß er sehr arm und allein ist. Und vielleicht ist er wirklich ein Dichter.«

»Aber wo«, entrüstete sich Meta, »und wenn schon, wenigstens waschen könnte er sich manchmal. Außerdem, warum waren wir nicht arm und allein?«

Annette gab zu verstehen, daß man äußere Mängel einfach übersehen müsse. Etwas hatte sich wie ein Angelhaken in ihrem Bewußtsein verfangen. »Waren wir wirklich nicht arm und allein?« fragte sie.

»Ich bestimmt nicht«, behauptete Meta und brachte den Tisch aus dem Gleichgewicht. »Es hätte sich damals auch kein Mensch dafür interessiert.«

Der Haken saß fest, »arm und allein«, aber Annette befreite sich mit einer jähen Anstrengung davon und wandte sich dem kochenden Wasser zu. Man konnte Metas rosiges Fleisch zwischen Strumpf und Schlüpfer sehen, und Annette zog ihr irritiert das Kleid über die Knie. »Du könntest die Brötchen servieren«, sagte sie.

Meta glitt gehorsam vom Tisch und jonglierte mit der Platte ab. Es war sinnlos, sich über sie zu ärgern, sinnlos und ungerecht, aber ihre Formlosigkeit hatte Annette ein wenig verstimmt. Während sie wartete, bis der Tee genug gezogen hatte, wurde ihr klar, daß sie gar keine Lust hatte, ins Zimmer zu gehen, und daß sie es entschieden vorgezogen hätte, hier in der Küche zu bleiben.

Warum eigentlich war das ganz unmöglich? Es gab doch eine Menge Leute, die absonderliche Dinge taten, warum war sie nicht fähig dazu? Es wäre einfach unangenehm und anstrengend, überlegte sie. Entweder man wurde wirklich verrückt, dann war man aller Sorgen enthoben, oder aber man hatte sich an die Spielregeln zu halten. Leute, die nur stundenweise närrisch waren, brachten ihr übriges Leben damit hin, die Folgen dieser Stunden auszutilgen, Beleidigungen gutzumachen, erklärende Briefe zu schreiben, kurz, mit unendlichem Ärger jeder Art. Und das lohnte sich wohl nicht, so groß war das Verlangen, hier in der

Küche zu bleiben, auch wieder nicht. Sie rührte den Tee um, er war jetzt goldbraun mit grünlichem Schimmer und duftete nach Schlaf und Stille. Endlich gab sie sich einen kleinen Ruck und trat über die Schwelle.

Eingehüllt in graublauen Rauch saßen sie alle im Gespräch um den runden Tisch. Herr Goldener hatte sich zurückgelehnt und lächelte sanft und ergeben. Er war Buchhändler, Bücherliebhaber und sonderbarerweise dazu noch ein guter Geschäftsmann. Seine Frau war weniger angenehm mit ihrem törichten Hühnerkopf. Sie machte eben dem jungen Heym Komplimente über seinen Gedichtband, den sie bestimmt nicht gelesen hatte, Komplimente, die er mit beleidigender Gleichgültigkeit hinnahm. Soviel Ungezogenheit, dachte Annette, kann unmöglich echt sein, wahrscheinlich schwimmt er jetzt in Glück und Eitelkeit. Frau Goldener war für ihn gewiß eine eher häßliche Person in mittleren Jahren, und selbst Meta und sie mochten ihm schon als indiskutabel erscheinen mit seinen Einundzwanzig. Aber er war ja angewiesen auf erwachsene Frauen, die ein wenig Geduld und Höflichkeit aufbrachten, denn kein junges Mädchen hätte sich wohl dazu hergegeben, Gedichte anzuhören, die von einem so ungepflegten Menschen stammten. Übrigens sah er wirklich schlecht aus, kein Wunder, da er ja nicht arbeiten wollte und daher fast nie zu Geld kam. Wenn es viel ist, dachte Annette, schreibt er jede Woche ein Gedicht; ein wenig Beschäftigung könnte ihm nicht schaden, bei dieser Faulenzerei muß er ja verkommen. Sie schob ihm den Sandwichteller hin und er angelte mit gelangweilter Miene ein Lachsbrot unter anderen Broten hervor. Es war doch nicht undenkbar, daß er sich eines Tages durchsetzen würde. Nachdem er dieses Manöver dreimal wiederholt hatte und Annette einen belustigten Blick Onkel Eugens auffing, wandte sie sich beruhigt von dem jungen Mann ab und unterhielt sich mit Frau Goldener über Klaviere, von denen sie beide nichts verstanden. Onkel Eugen und Meta brachen über eine Sache, die ihr entgangen war, in Gelächter aus, in das sogar Herr Goldener zaghaft einstimmte.

Nachdem man noch Wein und Likör getrunken hatte, stieg die Stimmung sprunghaft an, und Onkel Eugens gesellschaftliche Fähigkeiten erstrahlten in altem Glanz. Annette sah ihn dankbar an, sie besaß leider dieses angenehme Talent nicht, und der einzige Grund, warum ihre Einladungen doch meistens erfolgreich verliefen, war, daß bei ihr jeder Gast tun und lassen konnte, was er wollte. Sie hoffte schon, der junge Heym werde seine Gedichte vergessen, aber gerade als es am lustigsten war, brachte er sich geschickt in Erinnerung und sie mußten ihn bitten, etwas »Neues« vorzutragen. Nach fünf Minuten angeekelten Sichsträubens zog er das vorbereitete Kuvert heraus, und Stille trat ein. Er las eine halbe Stunde und Meta fing offensichtlich an, sich unerträglich zu langweilen. Annette bewunderte Onkel Eugen, der mit gestraffter, teilnahmsvoller Miene lauschte, und sie bemitleidete Herrn Goldener, der sich innerlich wand, weil ihn der junge Heym als Opfer auserkoren hatte und ihn beim Vortrag fixierte. Den ganzen Abend hatte Annette kaum mit Herrn Goldener gesprochen, es war auch gar nicht notwendig, ein Aufleuchten seiner sanften braunen Augen genügte, um ihr geheimes Einverständnis herzustellen, und schien zu sagen: »Wir wissen ja, du und ich – na, schon gut.«

»Und du, vorüberstreifend
mit Brau, Mund und Wimper,
Vergänglichkeit«,

las der junge Heym,

»Wolf im Silberfell,
der an meinem Herzen nagt.«

Das alles schien Annette bekannt, aber es klang nicht übel, besonders der »Wolf im Silberfell«. Es mußte sich um einen Polarwolf handeln, oder das Drama spielte sich bei Mondlicht ab. Sie sah erstaunt auf den jungen Mann, der das geschrieben hatte, die schweißfeuchte Stirn und unter der krampfhaften Spannung der Züge eine schlimme, kleinliche Unordnung – es war besser, ihn nicht anzuschauen. Sie hörte nicht mehr länger zu und war ganz bei dem Tier im Silberfell, das an einem Herzen nagte.

Deutlich sah sie die blutige Schnauze, die bösen Lichter und das weiße Mondlicht auf dem gesträubten Fell. Sie vergaß, wo sie sich befand, bis allgemeines Beifallsgemurmel sie weckte.

Von dieser Lesung schienen sie alle ermüdet zu sein, ja geradezu erschlagen. Selbst Onkel Eugen war verstummt und starrte mit verhängtem Blick aus seiner Schauspielermaske. Endlich sprang Meta auf. Ihre Klasse werde ihr morgen an der Nase ansehen, daß sie gelumpt hatte, und das tue ihrer Autorität nicht gut.

Es war ja auch wirklich schon recht spät geworden. Onkel Eugen erhob sich und küßte Annette. »Es war sehr hübsch und anregend, meine Liebe«, sagte er. Herr Goldener half seiner Frau in den Mantel, und Annette sah wieder einmal mit Staunen, daß dieser kleine freundliche Mann seine Frau zärtlich liebte. Es war ganz unbegreiflich, und Annette versuchte sich einzureden, daß diese Frau doch irgend etwas Liebenswertes an sich haben müsse, aber sie wußte, daß es nicht so war. Sie war eine abscheuliche Person, und daß ihr Mann sie liebte, umgab ihn mit dem Schatten eines bösen Geheimnisses.

Dann war Annette allein mit den rosa Nelken. Sie öffnete die Fenster und sah ihre Gäste aus dem Haustor treten. Der junge Heym lief zum Kai hinunter, die anderen gingen gemeinsam, Meta eingehängt in Onkel Eugen, zur Straßenbahn.

Annette trug das Geschirr in die Küche. Und da fiel ihr ein, daß sie noch die Nelken beschneiden wollte. Sie legte jede einzelne Blume auf den Tisch und schnitt mit einem scharfen Messer die Stengel ab, sorgfältig die hellgrünen Knoten vermeidend. Nur so konnten sie wirklich Wasser aufnehmen. Bei dieser Arbeit stellte sich wieder das Gefühl leichten, heiteren Entzückens ein. Diese zehn rosa Nelken und irgend etwas von einem Wolf im Silberfell waren geblieben, alles andere hatte sie schon wieder vergessen.

Das Zimmer roch noch immer ein wenig nach Rauch und war belebt von einer Spur der Wärme, die ihre Gäste zurückgelassen hatten.

An diesem Abend brauchte Annette nicht den Rücken zur Wand zu kehren. Niemand stand an der Schwelle und lachte.

19. Oktober.

Gestern mit Meta im Kino. Manchmal habe ich den Eindruck, daß die höherstehenden Typen schon in der Kindheit gebrochen werden und später alle verbliebene Energie dazu brauchen, um überhaupt leben zu können. Diejenigen aber, die bei vollen Kräften geblieben sind, tun alles, um Aktivität zur Brutalität zu stempeln. In einer Welt, in der die einzigen Taten nur noch in Raub, Vergewaltigung und Mord bestehen, muß der Irrglaube aufkommen, die Tat an sich sei etwas Niedriges und Verwerfliches.

20. Oktober.

Wieder bei Dr. Xanthner. Dieser Mensch sieht aus, als habe er sich nie im Leben krank oder unglücklich gefühlt.

30. Oktober.

Dr. Xanthner ist wie ein Kind, das in aller Unschuld Käfer zerschneidet, weil es keine Vorstellung vom Leiden hat. Unvorsichtig von mir, seine Einladung anzunehmen. Ich könnte ja absagen, und alles wäre wie zuvor, in Wahrheit aber hätte sich doch alles geändert. Dieser Mann hat mir durch seinen bloßen Anblick eine Wunde zugefügt, an der ich leide. Und da ich es hasse zu leiden (das einzige, was ich wirklich hasse), werde ich mich an den wenden, der mich verletzt hat. Es ist zwar anzunehmen, daß er mich noch mehr verletzen wird, aber selbst das erscheint mir erträglicher, als mit dieser winzigen Wunde umhergehen zu müssen.

3. November.

Wahrscheinlich habe ich mir zuviel zugemutet. Mit einer Rücksichtslosigkeit, die einer besseren Sache wert gewesen wäre, bin ich darangegangen, mich unglücklich zu machen. Und schon bin ich so weit, daß ich selbst Unglücklichsein der alten Kälte, Gleichgültigkeit und einer Traurigkeit um nichts vorziehe. Ich kann mir ausrechnen, wie es enden wird, und schon jetzt fürchte ich mich vor dem langen Weg, den ich eines Tages werde zurückgehen müssen und der doch nirgends hinführen kann als in Kälte und Gleichgültigkeit.

Etwas in mir fängt an, sich zu verändern. Weniger noch als früher denke ich an die Zukunft. Was hätte es für einen Sinn, noch länger kleine, lächerliche Fluchtversuche zu unternehmen.

5. November.

Die einfache, dicke Frau in der Straßenbahn, deren Gesicht bei einem läppischen Scherz ihres Nachbarn zu einer Maske von Argwohn und Ablehnung erstarrt. Alexanders Bemerkung über die Humorlosigkeit der Frau fiel mir ein. Witz und Ironie entspringen wohl der Furcht des Menschen vor dem Tragischen. Er versucht, die Ungeheuer, die ihn umstellen, zu verniedlichen und hebt sie schließlich im Witz auf.

Die meisten Frauen haben aber eine ganz urtümliche Einstellung zum Leben, die sich mit Humor und Witz einfach nicht verträgt. Sie wissen nicht, was daran zum Lachen sein soll, wenn ein Radfahrer versucht, zwischen den beiden Lichtern eines Autos hindurchzufahren, oder wenn ein Soldat ohne Kopf weitermarschiert. Der Radfahrer oder der Soldat könnte nämlich sehr gut ihr Mann oder ihr Sohn sein, und schon hat die Geschichte auch nicht mehr einen Hauch des Lächerlichen.

Nur weil die halbe Menschheit mit tierischem Ernst Wache steht vor ihrer Brut, ist es der anderen Hälfte möglich, sich mehr oder weniger überflüssigen, aber sicher höchst anregenden Spielereien hinzugeben. Wäre es nicht so, wäre die Menschheit längst ausgestorben. Wir haben, glaube ich, dieser einfachen, dicken Frau zu danken, die sich so stur und böse weigert, zu den Witzen der Männer zu lachen.

7. November.

Affären, die andere Leute spielend mit dem Körper erledigen, schlagen sich bei mir nach innen und erhalten so ein Gewicht, das ihnen nicht zusteht. Meine Verwundbarkeit grenzt da ans Krankhafte. Sogar den roten Kastanien auf dem Platz und den Tauben auf den Gesimsen gelingt es, mich zu verwirren und zu verletzen. Nichts hat sich äußerlich geändert, und doch verschiebt sich alles unmerklich.

8. November.

Gregor weiß nichts von mir, weil nichts ihn interessiert, was über mein erotisches Verhalten hinausgeht, nichts, was er nicht im wahren Sinn des Wortes mit Händen greifen kann. Ich weiß nichts von ihm, weil er nichts von seinen Gedanken preisgibt. Das ist natürlich ein großer Unterschied. Ich leide schon jetzt darunter und werde noch viel mehr leiden. Gregor braucht weder meine Liebe noch meine Freundschaft ~~wirklich~~, aber er gibt mir das Gefühl, daß ich lebe. Ich bin also in diesem Verhältnis der nehmende Teil, und das war schon immer eine schwierige Situation ~~für mich~~.

Als Kind stieg ich in den Ferien einmal auf einen Baum, um Kirschen zu stehlen. Während ich damit beschäftigt war, kam plötzlich der Bauer über die Wiese, eine düstere und zornige Gestalt. In diesem Augenblick überfiel mich ein so intensives Gefühl des Lebendigseins, daß ich fast vom Baum gefallen wäre. Ich weiß nicht mehr, was sich dann ereignet hat, wahrscheinlich nichts Besonderes, aber eben dieses Gefühl ist es, das mich überfällt, wenn ich Gregor sehe. Erregung, Freude, Furcht und die Gewißheit, alles hinnehmen zu müssen, um nicht in den alten Zustand der Erstarrung zu verfallen.

10. November.

Begegnung Meta – Gregor, ein voller Mißerfolg. Meta, unfähig, ihre Abneigung zu verbergen, wurde wegen einer Nichtigkeit fast ausfallend. Gregor von beleidigender Glätte und Höflichkeit. Diese beiden werde ich nicht so bald wieder zusammenbringen. Ich gehöre überhaupt nicht zu den Leuten, die es sich zur Lebensaufgabe gemacht haben, gute, ehrliche Feindschaften in schlechte, falsche Freundschaften zu verwandeln. Soll das jeder halten, wie er will. Es ändert übrigens gar nichts an meiner Einstellung zu Meta, daß sie Gregor nicht leiden kann. In meinem kleinen Bekanntenkreis werde ich wohl in dieser Angelegenheit überhaupt wenig Glück haben.

12. November.

Merke, daß meine Fähigkeit, objektiv zu denken, nachläßt. Mein Gesichtsfeld ist ein wenig eingeengt, und ich bin nicht immer imstande, die Lage zu überblicken. Störend, aber das ist wohl der Preis, den man dafür zu zahlen hat.

14. November.

Das neue, wunderbare Gefühl der vollkommenen Einheit. Ich muß es notieren, um nicht später einmal ungerecht zu sein. Nichts, was geschehen könnte und geschehen wird, darf mich dieses Gefühl vergessen lassen. Wenn ich die Fähigkeit besäße, in Illusionen zu leben, würde ich behaupten, Gregor liebt mich, und das ist für ihn eine ebenso einschneidende Erfahrung wie für mich. Aber man darf nicht von sich auf den Partner schließen. Das Gebiet der Liebe ist ohnehin das täuschendste und schillerndste. Man kann nur seiner selbst sicher sein, und das auch nur, wenn man nicht mehr allzu jung ist und Erfahrung besitzt. In der Jugend ist man ja einfach in die Liebe verliebt und nicht in den Partner, und die meisten Leute bleiben in diesem Stadium stecken. Diejenigen aber, die allmählich der Natur auf ihre Schliche kommen und nicht robust genug sind, mit dem Ekel vor dieser Erkenntnis im Herzen weiterzuspielen, sind in Zukunft vom Glück ausgeschlossen. Wäre mir Gregor nicht begegnet, befände ich mich noch jetzt in diesem Zustand, der zwar etwas Ehrliches und Kühles an sich hat, aber letzten Endes immer in Hochmut und Kälte ausarten muß.

Nun habe ich keine Veranlassung mehr, hochmütig zu sein, und werde sie auch nie mehr haben, denn wer ein einziges Mal sich an einen anderen verloren hat, wird nie mehr, der er zuvor war. Er bleibt zurück als ein Teil der verlorengegangenen Einheit, in Wahrheit untröstlich.

17. November.

Als junges Mädchen bildete ich mir zeitweilig ein, einen Stein in der Brust zu tragen. Damals wußte ich noch nicht, daß man diesen Zustand Depression nennt, litt aber häufiger darunter als heute. Junge Leute leiden überhaupt mehr, als man sich vorstellen kann, und ich begreife nicht, daß es bei den meisten Menschen den Anschein hat, sie hätten es völlig vergessen.

19. November.

Es wäre mir lieber, Gregor käme zu mir in die Wohnung als ich zu ihm. Aus irgendeinem Grund ist er viel mehr auf meinen Ruf bedacht als ich selbst. Überhaupt richtet er sich mehr als ich nach den üblichen gesellschaftlichen Formen, die doch für ihn wirklich nur Formen sein können, die man aus Gründen der Zweckmäßigkeit respektieren muß. Zu ihm zu gehen kostet mich jedesmal soviel Entschlußkraft und Überwindung, daß ich bei ihm schon in erschöpftem Zustand anlange, und ich kann gar nicht verstehen, was er an einer so reduzierten Person findet.

22. November.

Die Einbildung, etwas tun zu müssen, wozu sie gar nicht geschaffen sind, macht viele Leute ihr Leben lang unglücklich. Allein schon die Vorstellung, denken zu müssen, wenn man gar nicht dafür eingerichtet ist, kann einen

Menschen in eine Sackgasse führen, aus der es kein Entrinnen gibt. Der selbstauferlegte Zwang macht ihn unfähig, das Leben zu genießen oder auch nur den Anforderungen des Tages gewachsen zu sein. Ebenso gefährlich ist die Gewohnheit des Unterspielens. Wenn man lange genug alle seine Impulse beherrscht hat, kann es nämlich geschehen, daß man unfähig wird, mehr zu empfinden, als man zu zeigen gewohnt ist. Wo gibt es noch Menschen in unseren Breitegraden, die sich erlauben zu weinen, wenn ihnen danach zumute ist? In diesem langsamen Abwürgen der natürlichen Empfindungen liegt eine unheimliche Gefahr. Erst in den letzten Wochen, durch meinen Umgang mit Gregor, habe ich angefangen, diese Gefahr zu erkennen.

23. November.

In der allerletzten Zeit habe ich mehr Vorurteile abgelegt als in den zehn Jahren vorher.

25. November.

Man ist nicht blind, wenn man liebt, und sieht die Fehler des geliebten Menschen so deutlich wie die eigenen, und man fängt damit an, Liebe auf diese räudigen Stellen zu häufen. Aber immer wieder scheint das Übel durch. So geht es nicht, man muß anfangen, die Räude selbst zu lieben.

26. November.

Alexander schreibt regelmäßig. Es fällt mir schwer, seine Briefe zu beantworten, obgleich ich jetzt mehr Verständnis und Mitgefühl aufbringe als je zuvor. Aber er ist so weit weg von mir, daß es mir absurd erscheint, ihm zu schreiben.

29. November.

Plötzlich ist es kalt geworden, kalt, windstill und klar. Es gibt Vorgänge, die für den Zuschauer von monströser Häßlichkeit, für den Beteiligten aber von einer strahlenden Unschuld und Schönheit sind. Wenn man das einmal erfahren hat, müßte man viel nachsichtiger und gütiger werden.

1. Dezember.

Eben als ich am Fenster stand, war ich erfüllt von Glück und einer ziellosen Zärtlichkeit, die mich als Wolke einhüllte.

3. Dezember.

Alle Welt zieht Nutzen daraus, daß ich liebe. Um keinen Preis könnte ich jemanden kränken oder auch nur unhöflich sein. Sogar meine Bedienerin beginnt aufzublühen in meiner Nähe und benimmt sich weniger wehleidig und vorwurfsvoll.

5. Dezember.

Ich schlafe fast nicht mehr. Liege stundenlang wach, ganz allein und getränkt mit Glück. Ich bin lebendig. Der Regen klopft an die Fenster, ich schließe die Augen und schwimme einem unbekannten Ziel entgegen. Keine Zeit zu schlafen. Später einmal werde ich wieder schlafen, jetzt möchte ich nur liegen und atmen und keine Sekunde versäumen.

7. Dezember.

Manchmal weiß ich, daß ich ein Mensch bin, der angefangen hat, auf einem Seil zu tanzen, ohne es gelernt zu haben. Natürlich werde ich abstürzen, und niemand, selbst wenn er wollte, könnte mich auffangen. Aber es gibt nichts Erregenderes, als auf einem Seil zu tanzen, wenn man nur ein Amateur ist.

9. Dezember.

Wieder mildes Wetter. Ich hab nie gewußt, daß der Dezember ein so schöner Monat ist. Diese roten Sonnenuntergänge über den feuchten Dächern.

Mußte heute früher aus der Bibliothek weggehen, weil ich einen Schwindelanfall hatte. Wahrscheinlich weil ich zu wenig esse und fast nicht schlafe. Mein Körper lehnt sich auf gegen diese schlechte Behandlung. Ich muß ein Schlafpulver nehmen, obwohl ich weinen könnte um die verlorene lange Nacht. Aber da ich morgen arbeiten muß, bleibt mir nichts anderes übrig.

Schon einige Tage bin ich reizbar und hilflos wie eine Nacktschnecke. Gregor hat es bemerkt und entwickelt ein Zartgefühl, das ich ihm nicht zugetraut habe.

Es ist sehr merkwürdig. Dinge, die mit einem anderen Mann unbedingt zu einer Debatte führen würden, erledigt er mit einer Handbewegung oder einem Blick. Vieles ist sicher nur die Routine des geborenen Liebhabers, aber darunter merkt man das sichere Gefühl dafür, im rechten Augenblick das Richtige zu tun und zu sagen.

11. Dezember.

Die Blumen werden immer teurer. Wenn ich von meinem körperlichen Übelbefinden absehe, bin ich vollkommen glücklich. Nachts erwache ich gegen zwei Uhr und liege wach bis zum Morgen. Mein früheres Ich verbrennt langsam zu Asche, und das ist notwendig und gut, wenn es mich auch völlig erschöpft.

In diesen Stunden, allein, das Pochen meines Herzens im Ohr, liebe ich Gregor am heftigsten. Seine Gegenwart wirkt auf mich so erschütternd und betäubend, daß ich gar nicht dazukomme, bewußt zu denken oder zu empfinden.

12. Dezember.

Es ist nur eine Frage meiner Widerstandskraft. Ich darf nicht nachgeben und mich gehen lassen.

17. Dezember.

Das Schwindelgefühl ist also geklärt. Ich bekomme ein Kind. Sonderbar, daß ich nie an diese Möglichkeit gedacht habe. Aber es ist doch ganz natürlich, daß es so ist, ebenso wie es natürlich war, daß dieses Ereignis nie zuvor eingetreten ist. Es wird alles schwieriger machen für mich, und ich werde vielleicht doch die besserbezahlte Stellung annehmen müssen. Vorläufig hat das ja noch Zeit. Nie habe ich mir ein Kind gewünscht, und ich tu es auch jetzt noch nicht, aber ich finde es schön, daß es in einer Zeit entstanden ist, in der auch meine seelische Sterilität sich in Fruchtbarkeit verwandelt hat. Wie gut, daß mich die Umstände nicht zwingen, etwas dagegen zu unternehmen; vielleicht würde ich dann auch derartige Umstände nicht anerkennen.

20. Dezember.

Gregor, wie immer, überraschend. Er behauptete gestern, mich unbedingt heiraten zu wollen. Daraufhin sagte ich ihm, daß ich beim Arzt war, und sonderbarerweise schien er sich ehrlich über das Kind zu freuen. Natürlich müßte ich jetzt vieles bedenken, aber ich bin nicht fähig dazu. Ich werde also heiraten, und zwar sehr bald, und obgleich ich nicht weiß, ob ich diesem Wagnis gewachsen bin. Vielleicht ist auch meine körperliche Schwäche schuld an dem raschen Entschluß. Ich war zu lange allein, um die Hand zurückzustoßen, die mich aus meiner Einsamkeit geholt hat. Was immer mir auch bevorstehen mag, es kann nicht schlimmer sein, als in den alten Zustand der Erstarrung zurückzufallen.

22. Dezember.

Bin fast nicht fähig, die Vorbereitungen zu meiner Hochzeit zu treffen. Die Tatsache, daß sich in Zukunft jemand um meine Angelegenheiten kümmern will, hat eine Erschlaffung in mir ausgelöst. Ich fange an, meinen Körper zu verabscheuen, der immer hinfälliger und unbotmäßiger wird. Wenn nur das Schwindelgefühl nachließe, das meine Hände zittern läßt und mir den kalten Schweiß auf die Stirn treibt.

Zum Glück sehe ich Gregor nur am Abend, wenn es mir wieder besser geht. Auf keinen Fall darf ich mich von ihm überreden lassen, meine Stellung aufzugeben. Es ist sehr schwer, ihm zu widerstehen, aber diese eine Sache muß ich durchsetzen. Ich würde ja, anders, sofort anfangen, meinen Körper zu hätscheln und tagelang auf der Couch herumzuliegen.

23. Dezember.

Besuchte heute nachmittag Onkel Eugen. Es ist nicht leicht, ein passendes Geschenk für ihn zu finden, da er ja alles besitzt, was er braucht. Tante Melanie, seine sagenhafte Frau, hat ihm zum Dank für fünfzehn glückliche Jahre ein Vermögen hinterlassen, das er großzügig durchgebracht hat. Heute genügt wohl seine Pension für seine Bedürfnisse. Die Wohnung immer noch voll schöner Stücke, aber sanft verlottert. Er scheint nur noch sein Arbeitszimmer zu bewohnen, das ist allerdings von musterhafter Ordnung, wohl, weil seine Bedienerin es so selten betreten darf.

Schenkte ihm ein Buch über etruskische Ausgrabungen, und er schien sich darüber zu freuen. Onkel Eugen schenkt mir niemals Bücher, immer nur Blumen, Parfums und dergleichen schöne Überflüssigkeiten. Bei dieser Gelegenheit erzählte ich ihm von Gregor, der mich dann später abholte. Die beiden Männer werden einander nicht mögen, wie ich sofort sehen konnte. Onkel Eugen, erschrocken wie beim Anblick eines Gespenstes, was mich ~~sehr~~ wunderte, da er sich doch so gut zu beherrschen versteht. Gregor daraufhin ~~natürlich~~ voll Unbehagen und nur mit Mühe seinen Charme bewahrend. Natürlich spielte sich alles in höflichen Formen ab, und ich bat Onkel Eugen, mein Trauzeuge zu sein, ein Wunsch, den er mir nicht ~~gut~~ abschlagen konnte. Aber das warme, dunkle Zimmer war in einen Eiskeller verwandelt. Bin traurig darüber, aber ich kann es nicht ändern und werde auch nicht versuchen, eine Annäherung herbeizuführen. Wenn es möglich wäre, würde ich Gregor jetzt noch mehr lieben.

26. Dezember.

Die Welt stirbt an Kälte und Gleichgültigkeit. Der tragische Irrtum, die Liebe als eine zweitrangige Angelegenheit zu betrachten. Der wirkliche Sündenfall war ein Abfall vom Leben. Keine Philosophie bietet Ersatz für seine Wärme, seine Farben und Gerüche. Und doch gibt es ein plötzliches Bewußtsein von Glück, blendend und von durchdringender Kälte, das nicht aus dem Leib kommt und nichts vom Geschmack des Blutes an sich hat. Ein Glück, das man am ehesten mit einem weißen Licht vergleichen könnte. Dieses weiße Licht ist eine Gefahr, die andere Gefahr ist der Morast aus Blut, Schleim und Tränen. Nach einer endlosen Eiszeit falle ich in die Wärme, von der ich selbst so wenig besitze.

28. Dezember.

Endlich hat es angefangen zu schneien. Freue mich für die Kinder, die jetzt so selten das Glück haben, weiße Weihnachten zu erleben. War gestern mit Meta, die manchmal fromme Anwandlungen hat, in der Kirche. Religion ist eigentlich eine Sache des Gefühls, ja der Leidenschaft, sosehr das heute immer bestritten wird. Lange Zeit fand ich daran sogar etwas Verächtliches, jetzt fange ich an zu begreifen. Die Kirche heißt nicht aus Zufall Mutter-Kirche und sie kann nur aus ihrer Muttereigenschaft heraus am Leben bleiben. Ob die Leidenschaft sich am Isenheimer Altar oder an einer Gipsmadonna entzündet, ist eine ganz nebensächliche Frage. Das scheint man mit verdächtigem Eifer vergessen zu wollen.

5. Jänner.

Seit drei Tagen bin ich also Frau Xanthner. Gregor machte sich für acht Tage frei und ich nahm Urlaub, den ich schon zwei Jahre gut habe.

Das Hotel liegt über tausend Meter hoch. Anstrengend zu atmen. Gregor scheint das nicht zu spüren. Sein Anpassungsvermögen ist unglaublich. Sonderbar meine Scheu und Gehemmtheit. Es ist etwas ganz anderes, einen Menschen nur stundenweise zu sehen, als den ganzen Tag mit ihm zu verbringen. Sehe, daß ich vorsichtig sein muß, und beobachte genau, um herauszufinden, wie Gregor sich seine Frau vorstellt. Es ist mir unbegreiflich, warum er mich geheiratet hat, er muß doch ebensogut wie ich wissen, welche Abgründe uns trennen. Und doch genügt es, daß er seine Hand auf meine legt, um mich diese Angst vergessen zu lassen. Wie kommt es, daß ein Körper soviel Wärme, Glück und Beruhigung ausströmen kann?

Auf der Terrasse liegend, in Decken gehüllt, sehe ich durch die Sonnenbrille grünblaue Schneefelder und höre neben mir den ruhigen Atem Gregors. Seine Lebenseinteilung ist sehr ökonomisch: harte Arbeit, intensiver Genuß und tiefer Schlaf. Ich kann noch immer nicht gut schlafen. Bin überwach und von einer zitternden Gespanntheit, die sich nur unter seinen Händen löst.

11. Jänner.

Diese Woche in Tirol darf nicht vergessen werden. Schon jetzt wehre ich mich gegen das Vergessen wie ein Hund um das Stück Fleisch zwischen seinen Zähnen. Ich werde meine Beute nicht freiwillig loslassen und muß lachen über meine plötzliche Wildheit und Unvernunft.

Manchmal erwache ich mit einem tiefen Schuldgefühl, dem ich nicht auf den Grund kommen kann. Was habe ich Verbotenes getan? Eines Tages werde ich es erfahren, aber ich möchte den Tag nicht zu früh herbeizwingen.

12. Jänner.

Gregors Wohnung merkwürdig unpersönlich. Tadellos, vielleicht ein wenig zu modern eingerichtet, aber ganz ohne Atmosphäre. Er war schon einmal verheiratet, aber diese Frau, von der er nie spricht, hat keine Spuren hinterlassen.

Ich habe mir mein eigenes Zimmer eingerichtet mit meinen Möbeln – eine Insel in dieser großen, fremden Wohnung. Manchmal denke ich an Meta, die jetzt in meinem alten Heim lebt, das ich ihr teilweise möbliert überlassen habe. Die Wohnung ganz herzugeben konnte ich mich nicht entschließen, aus Feigheit natürlich. Rückversicherung ist etwas Häßliches und Gemeines. Außerdem, wenn das hier eines Tages aufhören sollte, könnte ich es doch nicht ertragen, wieder zurückzugehen. Wenn die Welt einstürzt, ist es gleichgültig, in welche Höhle man sich verkriecht.

15. Jänner.

Zum erstenmal erlebe ich völlige Intimität mit einem anderen Menschen. Sehr neu für mich, ein Abenteuer, gefährlich und erregend, weil ich mir nicht vorstellen kann, wie es weitergehen soll. Es muß der Augenblick kommen, an dem ich diese Intimität nicht mehr werde ertragen können, weil ich nicht dafür geschaffen bin. Aber es ist das Glück, und ich bin ein Narr, daß ich mir einbilde, es nicht festhalten zu können. Ich möchte gar nicht wissen, welche Komplexe Alexander jetzt an mir festzustellen hätte, weil ich sie in Wahrheit nur zu gut kenne.

Es erinnert mich daran, wie heftig ich mir als Kind oft einen Pfirsich wünschte (Tante Johanne war ganz und gar gegen derartige Extravaganzen und fand Äpfel so gesund und ausreichend für mich). Seither verabscheue ich Äpfel. Onkel Eugen aber kaufte mir Pfirsiche, und ich verzehrte diese Köstlichkeit dann mit ein wenig Trauer und Schuldgefühl und wünschte nachher, ich hätte es nicht getan und die duftende Frucht läge noch in der Schüssel unversehrt und lockend in ihrem glühenden Pelzchen. Jetzt habe ich zu tragen an den Folgen einer spartanischen Erziehung. Allein wäre es mir überhaupt nie gelungen, gewisse Hemmungen zu überwinden. Gregor reißt mich mit, aber vor der Trauer kann er mich auch nicht bewahren. Er ahnt ja nicht einmal, daß alles, was für ihn so einfach und selbstverständlich ist, für mich eine ungeheure Anstrengung bedeutet.

Beim Durchlesen dieser Eintragung hatte ich den Eindruck, Tante Johanne ein Unrecht getan zu haben. Das möchte ich nicht. Sie konnte nicht anders handeln, als sie es tat, und war bei aller Strenge nie ungerecht oder launenhaft. Alles, was ich bin und kann, verdanke ich ihr. Wahrscheinlich hat sie zeitlebens gefürchtet, der dunklere Teil meines Wesens könne eines Tages übermächtig werden, und das wollte sie mir ersparen. Wäre sie nicht rechtzeitig gestorben, so hätte es einmal tragische Auseinandersetzungen zwischen uns gegeben. So kann ich ohne die leiseste Spur von Ressentiment an sie denken, und dafür bin ich dankbar.

18. Jänner.

Manchmal werde ich auf der Straße von Panik überfallen. Das ist so, seit ich mich erinnern kann. Ich empfinde dann meine Umgebung als feindselig und fremd und voll geheimer Gefahren. Es ist aber nicht die übliche Platzangst. Nie im Leben habe ich mich vor Autos, Eisenbahnen und dergleichen gefürchtet. Im tiefsten Herzen kann ich einfach nicht glauben, daß diese lächerlichen Blechmaschinen einem Menschen gefährlich werden können. Selbst die tägliche Unfallsstatistik hat mich keines Besseren belehrt. Seelenruhig gehe ich im ärgsten Verkehr über die Straße, überzeugt davon, daß die wirkliche Gefahr nicht hier droht. Ein scheues Pferd läßt mich in Todesangst erstarren, ein wildgewordenes Auto empfinde ich höchstens als lästiges Hindernis auf meinem Weg. Was mich wirklich ängstigt, ist etwas ganz anderes, das Gefühl, allein zu sein in einer feindlichen Menschenwelt. Dann kann ich sogar in die Einbildung verfallen, mein guter Trafikant könne sich plötzlich in ein bösartiges Ungeheuer verwandeln. (Vielleicht könnte er es wirklich.)

Nicht nur einmal habe ich aus diesem Grund verzichtet, Einkäufe zu machen, und habe wichtige Wege auf Ämter unterlassen. Höchst ungern gehe ich allein in ein Kino oder an einen belebten Strand. Gregor alle diese Schwächen zu verheimlichen, wird mir wohl auf die Dauer nicht gelingen. Ich gebe zu, es ist ein wunderbares Gefühl, an seiner Seite ein überfülltes Restaurant zu betreten, ganz ohne Furcht und in Sicherheit.

19. Jänner.

Mut ist etwas sehr Merkwürdiges und Relatives. Sobald ich ein hilfloses Geschöpf an meiner Seite weiß, und sei es nur ein junger Hund, nehme ich es mit aller Welt auf und würde nicht eine Minute zögern, es gegen eine Übermacht zu verteidigen. Muß ich aber nur für mich allein sorgen und denken, oder ist gar ein Stärkerer bei mir, verläßt mich alle Kraft. Der Selbsterhaltungstrieb ist, fürchte ich, bei mir nicht ~~sehr~~ stark entwickelt.

21. Jänner.

Gregor sieht Blumen nicht. Sie scheinen ihm wohl zu vegetativ und unauffällig. Das Leben in ihnen ist ihm zu zart in seinen Äußerungen. Es kann nicht in sein Bewußtsein vordringen. Tiere hingegen scheinen ihm um so mehr Freude zu machen, je lebhafter sie sind. Er ist ein großer Hundefreund. Ich mag Katzen lieber, weil sie richtige Tiere sind, während Hunde mir manchmal unheimlich werden mit ihrer Unfähigkeit, allein zu sein. Mit den Augen der Natur gesehen muß ein Hund noch unseliger erscheinen als der Mensch – ein Geschöpf, das nirgends daheim ist, von seiner Rasse ausgestoßen, dem bösen Halbgott Mensch hörig. Alles, was uns an Hunden gefällt, ihre Treue und Diensteifrigkeit, ihr Eingehen auf unsere Launen, ist ja nur ein Beweis dafür, daß sie selbst nichts sind. Ein Hund ist eigentlich nur vorhanden, sobald sein Herr das Zimmer betritt, allein ist er nichts als eine fellbedeckte Leere.

24. Jänner.

Was für Menschen meiner Art eine Wohnung bedeutet, nämlich Geborgenheit und Schutz, braucht Gregor nicht. Eine Wohnung ist für ihn nur ein Ort, den man benötigt, um dort schlafen und Gäste empfangen zu können, und den man aus Prestigegründen möglichst kostbar einrichten muß. Es muß aber doch einen Ort geben, der zu Gregor paßt, ich bin nur noch nicht dahintergekommen. Oft habe ich das Gefühl, er gehe in der Verkleidung eines Modeanwalts umher und sei sich selber nicht klar darüber, daß es eben nur eine Verkleidung ist.

Übrigens lebt er ganz in der Gegenwart und kennt keine Reminiszenzen. Das ist mit eine Ursache seiner Erfolge, nicht die wahre und dunkle Ursache, sondern eine von geringeren Graden. Ein Mensch, der jeden Augenblick seine vollen Kräfte einsetzen kann, muß ja faszinierend wirken auf alle, deren Kraft gebunden und verloren ist an Erinnerungen, Zweifel und Gewissenskonflikte. Wenn Gregor einer Frau sagt »ich liebe dich«, so ist es die reine Wahrheit, wenn auch nur die Wahrheit eines Augenblicks. Jeder Augenblick hat seine eigene Wahrheit, und so heben Gregors Wahrheiten einander fortwährend auf und werden als Lügen empfunden. Derartige Menschen wirken auf ihre Umgebung, die nur aus Opfern oder Feinden bestehen kann, anrüchig und schillernd. Das alles muß man wissen, will man von Gregor nicht enttäuscht werden.

26. Jänner.

Kalt, trocken und stürmisch. Dieses Wetter ist höllisch. Dachte mir die Hölle schon immer als einen Ort des ewigen Sturmwinds, in dem man nie zur Ruhe und zum Denken kommt. Ich leide sehr unter der Unruhe, die der Wind mit sich bringt. Über Gregor scheint das Wetter keine Macht zu haben. Völlig unberührt von äußeren Unannehmlichkeiten strömt er täglich dieselbe Kraft und Lebendigkeit aus. Eigentlich ist er, wenn man bedenkt, wie ungeduldig ihn meine Schwäche machen muß, sehr gut zu mir. Wenn ich auch weiß, daß diese Güte ein Produkt seines glücklichen, gutgelaunten Körpers ist, wer sagt mir, daß meine Güte, die aus dem Hirn kommt, schwerer wiegt?

28. Jänner.

Endlich Beruhigung. Sanfter, grauer Schneetag vor dem Fenster. Nachlassen der Spannung, Schläfrigkeit und Glück. Gregor spürt es und ist offenbar froh darüber. Alle Männer, die ich zuvor kannte, haben in mir eine gewisse Mütterlichkeit angesprochen. Gregor fehlt diese kindliche Ungezogenheit und Hilflosigkeit völlig, dafür werde ich in seiner Nähe zusehends kindischer und anlehnungsbedürftiger. Ich kann mich nicht streng genug kontrollieren und kenne mich manchmal selbst nicht wieder. Es wäre so einfach nachzugeben, und ich glaube, auch Gregor würde eine Zeitlang an einer hilflosen, verliebten Frau Gefallen finden, aber einen Rest von Selbstachtung sollte man auch in einer hoffnungslosen Situation bewahren. Selbst wenn man sich längst verloren hat, sollte man wenigstens äußerlich unverändert erscheinen.

30. Jänner.

Das so oft beschriebene Glücksgefühl der werdenden Mutter will sich nicht einstellen. Vorläufig ist mir immer nur übel. Ich fühle mich vergiftet wie bei einer Gelbsucht und bemühe mich krampfhaft, den Kopf aufrecht zu tragen, was mir, wie Meta behauptet, ein arrogantes Aussehen verleiht. Es ist wirklich zu lächerlich. Die Arbeit in der Bibliothek – und um diese Zeit ist viel zu tun – strengt mich übermäßig an. Ich warte jeden Tag auf den Abend, wenn der Schwindel abklingt und Gregor nach Hause kommt. Das wirkliche Leben vollzieht sich nachts, der Tag ist nur eine Zeit der Anfechtung, die man hinter sich bringen muß.

Wie kommt es, daß dieses winzige Kind mir ein so abscheuliches Gefühl von Klebrigkeit und Unsauberkeit macht? Ich möchte mich den ganzen Tag waschen.

3. Februar.

Daß Frauen sich kaum für Politik interessieren, hat seine Ursache in einer gewissen Resignation. Politik ist etwas, das über unsere Köpfe hinweg gemacht wird, und fast in jedem Fall gegen unsere Interessen. Es gibt keine Partei, die die Interessen der Frauen vertritt. Davon kann man sich leicht überzeugen, wenn man gewisse Gesetze studiert. Die Gleichberechtigung, von der so viel geschrieben wird, besteht nur auf dem Papier. Die wenigen und einflußlosen Stellen, die man mit Frauen besetzt, dienen nur dazu, diese Tatsache zu verschleiern und Wählerstimmen zu gewinnen. Eine Frau, die sich der Politik verschreibt, kann glücklich sein, wenn sie nicht erkennt, daß man sie für Zwecke benützt, die nicht die ihren sein können, anders müßte sie verzweifeln. Hier ist es offenbar ihr stark entwickelter Sinn für das Reale, der die Frau dazu verführt, nur den naheliegenden Vorteil zu sehen, und sei er noch so gering, und sich nicht klar zu machen, daß eben diese kleinen Zugeständnisse dazu dienen sollen, die wahren Beweggründe aller männlichen Politik zu verschleiern. Männer sind von Natur aus keine Pazifisten und Politiker schon gar nicht, sonst hätten sie nie ihren Weg gemacht. Es hat wenig Sinn, darüber ein Geschrei zu erheben. Wer an der Macht ist, tut alles, um sie nicht zu verlieren, und das ist ganz natürlich so. Gefallen einem die Bestrebungen einer mächtigen Gruppe nicht, so kann man versuchen, sie zu stürzen, oder man muß, wenn man dazu nicht fähig ist, sich aber nicht unterwerfen will, in die Résistance gehen.

6. Februar.

Manchmal denke ich über mein Kind nach. Gleicht es Gregor, ist ihm zu gratulieren, wird es mir ähnlich, wird es zwar ein schweres Leben haben, aber auch das ist vorstellbar. Nur der Gedanke an eine Mischung erschreckt mich. Es könnte da ein sehr harmonisches Wesen, aber auch ein kleines Ungeheuer wachsen. Vielleicht hängen meine Schuldgefühle auch damit zusammen. Alle diese Bedenken erlöschen mit einem Schlag, sobald Gregor das Zimmer betritt und das wirkliche Leben beginnt. Die Bewegung, mit der er mir das Haar aus der Stirn streicht, bedeutet mir mehr als jede Zärtlichkeit, die ich zuvor erfahren habe. Das Glück hat mich noch nicht verlassen, ich darf nur nicht wehleidig werden.

8. Februar.

Wenn man Reisebeschreibungen liest, hört sich alles so verlockend an. In Wahrheit ist Reisen etwas Entsetzliches. Erst nachträglich, in der Erinnerung, kann man es genießen. Der Markusplatz ist erst schön, gereinigt von den brüllenden Touristen, den üblen Gerüchen und den eigenen schmerzenden Füßen. Ich habe immer gefunden, daß der Phantasie die geringsten Anregungen genügen, um weitaus großartigere Bilder zuwege zu bringen als die Wirklichkeit. So sehe ich oft im Traum Landschaften, die mich zu Tränen rühren, was mir in Wirklichkeit noch nie widerfahren ist. Also müßten eigentlich nur phantasielose Leute dazu fähig sein, eine Reise wirklich zu genießen, oder man müßte eine eiserne Konstitution und eine übermenschliche Konzentrationsfähigkeit besitzen, und ob es das gibt, kann ich wirklich nicht beurteilen.

11. Februar.

Mein täglicher Umgang mit Gregor von einer lächerlichen Banalität (für die Person, die ich einmal war, aber nicht mehr bin). Außer fachlichen Gesprächen, die wir meistens vermeiden, weil wir hier keine gemeinsame Basis finden, kennt Gregor nur den realistischen Kommentar. Ich empfinde das als außerordentliche Wohltat nach dem Geschwätz, das ich mir in den letzten Jahren anhören mußte. Ich glaube auch nicht, daß mich dieser Zustand einmal langweilen wird, denn sollte es mich nach Anregungen gelüsten, kann ich sie mir jederzeit von anderer Seite verschaffen. Ich kann mir aber vorstellen, daß eine sehr junge Frau an Gregors Seite schon eine ungewöhnlich heftige Wißbegierde besitzen müßte, um sich überhaupt noch weiterentwickeln zu können.

13. Februar.

Ich muß mich zwingen, weiterhin Aufzeichnungen zu machen. Es ist vielleicht notwendig für später. Ich möchte nicht, wie die meisten Frauen, eines Tages anfangen, ungerecht und verbittert zu sein. Gregor scheint zu glauben, daß ich aus purem Eigensinn meine Arbeit nicht aufgebe, und ich kann ihm nicht begreiflich machen, wie wichtig es für mich ist, zu arbeiten. Wenn ich den ganzen Tag daheim auf ihn warten müßte, würde ich den Verstand verlieren. Die Zweifelsucht, diese Krankheit des Denkens, würde mich überfallen und mich, geschwächt wie ich bin, auffressen. Aber wie könnte man Gregor das erklären, ihm, der nicht einmal weiß, was Zweifel sind?

15. Februar.

Ich stelle fest, daß ich mich ausschließlich mit mir selbst, Gregor und noch ein paar Leuten in Gedanken befasse. Für die übrige Welt habe ich nur ein unpersönliches

Wohlwollen, und auch das erst, seit ich Gregor kenne. Sozial bin ich nur im Denken. So kann mich eine Ungerechtigkeit, die einem Fremden widerfahren ist, aufs äußerste erbittern. Ich weiß aber genau, daß das nichts mit Nächstenliebe zu tun hat, sondern nur mit einem übertriebenen Sinn für Gerechtigkeit. Ich weiß nicht, wie ich diese lieblose Haltung der Welt gegenüber ändern könnte – andererseits wenn jeder Mensch sich tatsächlich ~~gerade~~ um den winzigen Kreis sorgen würde, der ihn angeht, wäre das nicht ein paradiesischer Zustand, der die meisten Wohlfahrtseinrichtungen überflüssig werden ließe? Man müßte sich dann keine Sorgen um die Welt machen, wenn jeder einzelne die ihm vom Leben auferlegte Verantwortung tragen wollte.

19. Februar.

Einen neuen Roman gelesen. Frage mich nach der Ursache des Unbehagens, das er in mir geweckt hat, und glaube ihm endlich auf die Spur gekommen zu sein. Alle Personen in diesem und in den meisten Romanen, die ich in der letzten Zeit gelesen habe, handeln so, als besäßen sie kein Gefühl für Ehre. Warum erscheinen uns die Duelle vergangener Jahrhunderte so lächerlich und abgeschmackt? Vielleicht nur, um unser derzeitiges Verhalten in diesen Dingen nicht abgeschmackt finden zu müssen. Als Reaktion auf ein ~~tatsächlich~~ überspitztes Ehrgefühl haben wir den Begriff Ehre vollkommen abgelegt. Aber es ist noch immer so, daß gewisse Zustände und Taten uns so verletzen, daß wir eigentlich darauf reagieren müßten. Züchtigung, Totschlag und Selbstmord wären natürliche Reaktionen, die wir aber heute als Überspanntheit ansehen. Daher müssen wir weiterleben, als wäre nichts geschehen. Es ist aber etwas geschehen, und der Mensch, der es geschehen ließ, ohne sich zur Wehr zu setzen, verliert seine Selbstachtung und hebt sich auf diese Weise selbst auf. Er kann nicht mehr leben, nur noch vegetieren. Das Unbehagen, in dem der moderne Mensch lebt, ist die stille Tragödie der ungerächten Ehrverluste.

Jemand erzählte mir, ein neunjähriges Kind habe auf die Belehrung seines Katecheten, daß man auch noch die linke Backe hinhalten müsse, erklärt: »Ich hau lieber zurück und bin nachher wieder ganz gut.« Wie klar das Kind erfaßt hat, daß es sich bei diesem Zurückschlagen nicht um Rachsucht handelt, sondern um die Wiederherstellung einer Ordnung, die mit dem ersten Schlag verletzt wurde. Übergangene und ungerächte Beleidigungen haben noch nie etwas anderes erzeugt als Ressentiment, und das auf beiden Seiten, denn auch der Beleidiger weiß, was ihm gebührt.

25. Februar.

Viel Arbeit in der Bibliothek. Abends erschöpft, aber zufrieden über mein Durchhalten. Gregor ziemlich überlastet, was ihn jedoch in gehobene Stimmung versetzt. Er schaut dann aus wie ein Mensch, der Berge versetzen kann. Man könnte ihn beneiden; seine Sinne funktionieren außergewöhnlich gut, sein Intellekt ist so gut entwickelt, ein Gebrauchsintellekt, der ihn in jeder Lage das Richtige tun läßt. Und das Richtige ist in seinem Fall immer das Nützliche. Niemals richtet sich dieser Intellekt gegen seinen Besitzer; er verführt ihn nicht zu Grübeleien, sondern lenkt ihn gerade auf das angestrebte Ziel zu.

28. Februar.

Welche Mißverständnisse! Gregor behauptet, er bewundere an mir meine Natürlichkeit. Wenn er wüßte, was mich diese Natürlichkeit kostet und welche Kunst dazugehört, sie zu entwickeln. Es ist mir ja klar, daß er mich als die, die ich wirklich bin, nicht lieben könnte. Schon die leiseste Andeutung, wenn nur für Sekunden mein wahres Ich aus dieser Natürlichkeit schimmert, weckt in seinen Augen ein Unbehagen, dessen er sich nur nicht bewußt wird. Noch nicht.

3. März.

Nachts erwache ich manchmal mit wildem Herzklopfen, von der panischen Angst befallen, nichts mehr ertragen zu können. Als sei ich ein Gefäß, das beim nächsten Tropfen überlaufen muß. Was wird geschehen, wenn ich den Lärm, das Licht und die Gedanken nicht mehr ertragen kann?

Es scheint mir dann, alle Dinge im Zimmer warteten nur auf diesen Augenblick. Ihre dunklen Umrisse strömen eine unerbittliche Gelassenheit aus, die mir verbietet zu weinen. Meine Tränen könnten sie nicht rühren. Sie sehen mich als etwas, als das ich mich nicht erkennen kann. Unter ihren auglosen Blicken werde ich mir selbst fremd. Zitternd liege ich dann neben Gregors großem schlafendem Körper und strecke die Hand aus, um ihn vorsichtig zu berühren. Dann lächeln die Dinge um mich verächtlich, und ich weiß, wir sitzen in einer Falle, Gregor, das Kind und ich.

6. März.

Der Frühling will nicht kommen. Erschöpft vor Kälte, Wind und Feuchtigkeit. Gregor in Gedanken, die ihn nicht eben glücklich zu machen scheinen. Zu mir ist er von besonderer Rücksichtnahme, aber sehr weit weg. Fast tut er mir leid, und ich fürchte, ihm unrecht zu tun mit meiner scharfen Beobachtung, auch wenn er sie nicht bemerkt. Wer gibt mir das Recht, mich in sein Leben einzuschleichen, statt mich mit dem zu begnügen, was er mir freiwillig gibt?

Da ich den Charakter seiner Beziehung zu mir von Anfang an erkannt habe, ist es nicht anständig, einmal gezogene Grenzen auch nur im Gedanken zu überschreiten, und ich möchte ~~heute~~ feststellen, daß ich alles, was kommen mag, nur mir selbst zu verdanken habe.

10. März.

Seit ein paar Tagen bemerkte ich, daß Gregor, wenn er denkt, ich sähe es nicht, mich rasch und verstohlen beobachtet. Zuerst war ich verwirrt darüber, heute hat er mir den ~~unschuldigen~~ Grund gestanden. Er wundert sich darüber, daß ich ~~noch~~ nicht anfange, mich körperlich zu verändern. Es ist also, Gott sei Dank, immer noch mein Körper, der ihn beschäftigt. Er bringt mir Leckerbissen mit und behauptet, ich müsse erst richtig essen lernen. Ab und zu schickt er mich auch zum Arzt, sehr zu meinem Mißvergnügen. Aber es rührt mich, daß sich endlich jemand um diesen Körper bemüht und ihn sogar liebt, und es wird mir erst jetzt klar, wie vernachlässigt er mein Leben lang wurde. Gregor ist es völlig gleichgültig, an welchen Komplexen ich leide, er kümmert sich den Teufel um meine Seele, aber es versetzt ihn in Aufregung, wenn ich, wie alle Leute, die aus den Nerven leben, plötzlich grün werde und aus rosiger Angeregtheit heraus übergangslos verfalle. Keiner meiner früheren Bekannten hat derartige Zustände auch nur bemerkt. Oder wer hätte daran gedacht oder es gewagt, mich zu fragen, ob meine Verdauung in Ordnung sei? Ich gebe zu, daß mich derartige Fragen manchmal verwirren, aber langsam fange ich an, sie selbstverständlich zu finden.

Natürlich bedeutet es für mich eine gewisse Anstrengung, nun auch an diese Dinge zu denken, denn unter Gregors wachsamen Augen kann man es sich nicht leisten, auf die Dauer kränklich oder schwach zu sein. Nichts verstimmt einen gesunden Mann mehr als ein anfälliger Mensch in seiner Umgebung. Eines Tages, wahrscheinlich sehr bald, würde ich ihm zur Last werden. Ich erkläre ihm daher immer wieder, wie gesund und munter ich eigentlich bin und daß mir nur mein Zustand so zusetzt. Und da dieser Zustand etwas Normales und Vorübergehendes ist, beruhigt ihn dieser Gedanke so sehr, daß er bereit ist, Geduld zu haben.

15. März.

Etwas, was mich früher schon oft beschäftigt hat, fängt an, mir unter die Haut zu dringen. Immer hat mich die Blindheit und Ungeschicklichkeit der Männer gerührt, jetzt bekomme ich langsam Angst davor. In dieser scheinbar so liebenswerten Tolpatschigkeit steckt etwas Entsetzliches und Unmenschliches, ein Nichtinteressiertsein am organischen Leben. Kleine Buben und Männer aller Altersstufen in der Wochenschau, vor den Bildern der letzten Rakete, vor den unzähligen Autoparks. Es läuft mir kalt über den Rücken bei diesem Anblick. Und der Feind steckt in ihnen, die wir lieben müssen. Ich kann nicht leben ohne Liebe, und ich kann das Unmenschliche nicht lieben. Persönliche Grausamkeit und Bosheit, wie man sie bei Frauen findet, kann ich zur Not verstehen, aber die männliche Grausamkeit aus Gedankenlosigkeit und Kontaktunfähigkeit macht mir angst. Als Frau kann man sich nur äußerlich in Ironie und Skepsis retten, die tiefe Beunruhigung bleibt bestehen.

20. März.

Wenn es nicht allzu beschwerlich ist, benimmt Gregor sich wie ein Ehrenmann, aus Klugheit und einer natürlichen Toleranz heraus. In Wahrheit sind ihm Moral und Ethik unbekannte Begriffe. Ich habe mir angewöhnt, niemals Erstaunen über sein Verhalten zu äußern, dabei gibt es nichts, was mich i~~mmer wiede~~r mehr in Staunen versetzen könnte. Manchmal erinnert er mich an jene Romanmänner patriarchalischer Zeiten, die mit ihren Frauen nur praktische Dinge besprachen, ihre Tage im Amt oder Studierzimmer und ihre Abende im Klub oder bei einer Geliebten verbrachten und deren einzige Betätigung innerhalb der Familie darin bestand, in einem muffigen Schlafzimmer Kinder herzustellen, diese Kinder später von Zeit zu Zeit zu ohrfeigen und im übrigen gut für den Unterhalt der Familie zu sorgen. In unserer Zeit, in der die Männer sich darin gefallen, ihr Seelenleben vor Frauen aufzudecken und sich von ihnen hätscheln oder aushalten zu lassen, ist Gregor eher schon eine Rarität. Allerdings halte ich ihn jetzt nicht mehr für verschlossen. Ich glaube, er kommt gar nicht auf den Gedanken, ich könnte mich für sein Innenleben interessieren, da er sich selbst nicht dafür interessiert.

Annette trat ans Fenster und wartete, bis Gregor aus dem Haus kam. Mit beschwingten Schritten ging er auf den Wagen zu, stieg ein und steckte den Zündschlüssel an. Der Motor fing an zu brummen, und Annette sah einen flüchtigen Augenblick lang die vertrauten Hände auf dem Lenkrad liegen. Dann bog der Wagen in die Allee ein und verschwand.

Gregor hatte nicht einmal zurückgeblickt, nicht aus Unfreundlichkeit, sondern weil er ganz und gar mit der Aufgabe beschäftigt war, seinen Wagen zu starten, außerdem wäre ihm nie eingefallen, Annette könne dort oben am Fenster stehen und ihm nachsehen. »Leg dich doch noch einmal hin«, hatte er gesagt, »du siehst nicht gut aus« und »du hast ja heute Zeit«. Ja, sie hatte Zeit, ihr freier Tag war heute, ein ganzer Tag ohne Bibliothek, aber auch ohne Gregor.

Sie fühlte sich müde und schwindlig, wie immer in den letzten Monaten; es war vielleicht wirklich besser, noch einmal zu versuchen einzuschlafen.

Auf dem Tisch stand die Schale, aus der Gregor eben noch getrunken hatte, ein Zigarettenstummel lag zerdrückt im Aschenbecher. Annette nahm die Schale in die Hand und setzte sie an den Mund, genau an der Stelle, an der Gregor getrunken hatte. Der kleine Kaffeerest schmeckte bitter und war schon ganz kalt. Annette lächelte über sich selbst bei dem Gedanken, wie sehr sie es immer verabscheut hatte, aus einer fremden Schale zu trinken oder einen schon benützten Löffel zu verwenden. Ich kenne mich selbst nicht wieder, dachte sie, ich bin einfach nicht mehr der Mensch, der ich einmal war.

Sie trug das Geschirr in die Küche, spülte es ab und

ging dann ins Schlafzimmer. Die Vorhänge waren über den offenen Fenstern zugezogen, und sie fröstelte. Sie legte den Morgenrock ab und kroch in Gregors Bett, das noch ein wenig Wärme seines großen Körpers aufbewahrt hatte.

Das Gesicht in die Mulde des Kissens gedrückt, streckte sie sich lang aus und schloß die Augen.

Warum war Gregor nicht bei ihr? Niemals war er so bei ihr, wie sie es wünschte. Er nahm sie in die Arme, und sie war betäubt und unfähig zu denken und zu fühlen, und später war er völlig wach, klar und sehr weit weg von ihr. Er konnte einfach nicht neben ihr liegen, ihre Hand halten und nichts als zärtlich sein. Was ihr blieb, war immer nur der Abdruck seines Körpers im Bett, ein Hauch seiner Wärme und sein besonderer Duft auf dem Kissen. Ja, eigentlich war seine Gegenwart nie intensiver als kurz nach seinem Weggehen. Und auch das blieb ihr nur selten, da sie ja auch nicht zu Hause bleiben konnte.

Annette streichelte den Polster und schämte sich. Sie versuchte niemals, Gregor zu Zärtlichkeiten zu bewegen, denn sie spürte deutlich, daß sie für ihn nicht mehr bedeuteten als die Einleitung, die eine Frau eben brauchte, um in Stimmung zu kommen, oder die unvermeidliche Rücksichtnahme, die man ihr schuldete, wenn man sie besessen hatte. Und das gab ihr ein häßliches Gefühl und machte sie unsicher. Selbst Gregor, so erfahren er in Liebesdingen war, konnte dieses leise Unbehagen in ihr nicht ersticken. Es war nicht seine Schuld, daß er ein Mann war, ebensowenig aber war es ihre Schuld, daß sie wie eine Frau empfand. Es war nur ein wenig störend und traurig, und sie konnte nichts tun, als es hinnehmen, wie sie alles hinnahm, was von Gregor kam. Wahrscheinlich wäre es ihr sogar verdächtig und unnatürlich erschienen, hätte er sich anders benommen. Sie mußte sich nur davor hüten, in ihren Träumen mit einem Gregor zu leben, den es nicht gab und nicht geben konnte, der einfach ein Unding war, denn was anderes konnte ein Mann schon sein, der dem Hirn einer Frau entsprungen war.

Auch jede Frau in den von Männern geschriebenen Romanen war ein Unding, und das hatte sie beim Lesen noch immer geärgert und verstimmt; derartige Romane waren anmaßend und unwahr. Die einzige Möglichkeit war wohl, das Verhalten eines Menschen aufzuzeichnen. So und so benimmt er sich in einer gewissen Situation, ich weiß nicht warum und kann es nur vermuten, und meine Vermutungen können ebensogut falsch wie richtig sein. Ein Romanautor sollte nichts anderes sein als ein Zuschauer, der den Menschen und Vorgängen in seinem Buch Zeit läßt, sich behutsam zu entwickeln.

Selbst der Abdruck von Gregors Lippen auf der Kaffeeschale war wirklicher als der Mann, den sie versucht war, in ihrer Phantasie entstehen zu lassen.

Annette fand, das sei kein gutes Einschlafthema, und sagte sich: Hör auf damit, hör auf mit diesem ununterbrochenen Nachdenken, das kann ja kein Mensch auf die Dauer aushalten, und es macht dich nur unruhig und verwirrt. Es war nichts als die schlechte Gewohnheit aller einsamen Menschen, die sie immer noch einsamer macht und immer noch unfähiger, in der Wirklichkeit zu leben.

Sie drehte sich auf den Rücken und starrte zur Decke. In diesem Augenblick spürte sie zum erstenmal die schwachen und doch ganz deutlichen Regungen ihres Kindes.

Ihr Herz fing an verrückt zu pochen – dieses Kind bewegte sich und begann wirklich zu werden, es war jetzt nicht mehr nur die Ursache für die dauernde Übelkeit, die sie seit Monaten quälte. Plötzlich hatte die Übelkeit einen Sinn bekommen, es lohnte sich, schwindlig und krank zu sein für ein Geschöpf, das sich wirklich in ihr bewegte und das sie nun täglich heftiger spüren würde.

Sie lachte leise und überwältigt, und Mitleid überfiel sie mit Gregor, der das nicht erleben konnte. Er mußte unbedingt die Hand auf ihren Leib legen, um wenigstens eine Ahnung davon zu bekommen. Sehr bald, in wenigen Wochen würden die Bewegungen so stark sein, daß man sie auch von außen spüren konnte. Es mußte ihn freuen, alles, was lebendig war und sich bewegte, freute ihn ja.

Dann setzten die Gedanken wieder ein, und Annette stellte fest, daß sie sich wie eine ganz normale Frau benahm, und diese Tatsache beruhigte sie so sehr, daß sie aufhörte zu zittern und, die Hand auf den Leib gedrückt, übergangslos einschlief.

Als sie erwachte, war sie ein wenig verwirrt. Im Traum war sie in ihrer alten Wohnung gewesen, mit Alexander, der immerfort Fragen an sie stellte, die sie nicht beantworten konnte. »Und ich sag dir jetzt zum letztenmal«, hatte sie gerufen, »ich weiß es nicht, ich weiß es wirklich nicht.«

Es dauerte ein paar Sekunden, bis sie begriff, wo sie eigentlich war, in Gregors Wohnung und in Gregors Bett, mit einem langen Tag vor sich, den sie hinter sich bringen mußte und vor dem ihr graute.

Sie stand auf und ging ins Badezimmer. Es war neun Uhr geworden, und sie fühlte sich ebenso müde und unausgeschlafen wie vor zwei Stunden. Wo waren die Tage, da der Morgen die beste Zeit für sie gewesen war! Sie überlegte, was es zu tun gäbe, und fand, es sei eigentlich eine ganze Menge. Briefe waren zu schreiben, Besorgungen zu erledigen. Aber sie hatte geradezu einen Abscheu vor jeder Betätigung. Diese Tatsache erschreckte sie, so weit durfte man einfach nicht kommen. Zur Strafe legte sie sich sofort den unangenehmsten Weg auf, nämlich den zum Zahnarzt, und es schien ihr, als wäre mit diesem Entschluß die gestörte Ordnung wiederhergestellt.

Im Spiegel sah sie prüfend ihr Gesicht an. Die Lider waren ein wenig verschwollen, aber das war auch früher schon manchmal der Fall gewesen. Ihr Gesicht war jedenfalls nicht entstellt von der Schwangerschaft, wenigstens das blieb ihr erspart, alles andere wollte sie gern auf sich nehmen. Sie war auch immer noch so schlank, daß ein Fremder keine Veränderung an ihr merken würde. Natürlich konnte das nicht so bleiben, und es war Zeit, an Umstandskleider zu denken. Also Zahnarzt und Schneiderin, sagte sie sich, und nur nicht in der Wohnung sitzen bleiben und warten wie ein Hund auf seinen Herrn.

Im Wohnzimmer traf sie die Bedienerin, die eben den Staubsauger einschaltete. Es war Gregors Bedienerin, und sie stammte noch aus der Zeit, in der Annette ihn nicht gekannt hatte. Das verlieh ihr ein gewisses Übergewicht, das ihr nicht zustand. Es war so, als sei Annette hier nur zu Besuch, wie eine der Frauen, die früher hier aus- und eingegangen waren und von denen sie nichts wußte. Manchmal schien es ihr, als warte diese große, grobknochige Person nur darauf, daß auch sie, Annette, wieder verschwinden werde, wie alle vor ihr verschwunden waren. Zweifellos war die Frau eine tüchtige Arbeitskraft, außerdem schweigsam und nicht dumm, nichts sprach gegen sie, im Gegenteil, man mußte froh sein, eine solche Perle zu besitzen, nur war es eben ein wenig störend und unheimlich für Annette, daß sie weniger von Gregor wußte als seine Bedienerin. Beinahe war es eine Art Eifersucht, die sie bei ihrem Anblick spürte.

»Wenn mein Mann anrufen sollte, sagen Sie ihm bitte, daß ich erst am späten Nachmittag zurück bin«, sagte sie. Die Frau zog den Stecker aus der Dose und Annette mußte den Satz wiederholen. Die Bedienerin nickte und wandte sich wieder ihrer Arbeit zu. Annette schloß die Tür hinter sich. »Mein Mann«, dachte sie und ärgerte sich darüber, daß es keine passendere Formel dafür gab. Der »Herr Doktor« schien ihr, einer Angestellten gegenüber, zu steif und überheblich, »mein Mann« klang dagegen zu plump und vertraulich.

Irgendeine heimliche Ironie stak in den zwei Wörtern, so als höre ein Mann auf, ein Mann zu sein, sobald er zu »meinem Mann« wurde. Aber wie anders konnte man dazu sagen? Grade auf Gregor paßte diese Bezeichnung so schlecht. Er war nicht »ihr« Mann, er war überhaupt niemandes Mann, er war frei, und Annette wünschte nicht, aus ihm etwas zu machen, was gegen seine Natur ging, abgesehen davon, daß es ihr wohl auch nicht gelungen wäre.

Sie nahm den Mantel vom Haken, zog ihn an und setzte einen kleinen Hut auf, der fest auf den Ohren saß und den nicht einmal ein Sturmwind forttragen konnte. Sie hatte sich dazu entschlossen, nie mehr eine andere Form zu wählen, mochte sie ihr auch noch so schön und verlockend erscheinen. In dieser Stadt konnte man einfach keinen anderen Hut tragen, wenn man nicht verrückt werden wollte vor Ärger.

In der Straßenbahn überfiel sie das ganze Elend eines Menschen, der zum Zahnarzt gehen muß, und ein paar Minuten lang befand sie sich in einer Art Panik bei dem Gedanken an seine lack- und nickelblitzende Ordination, die nichts anderes war als eine moderne Folterkammer, hygienisch steril und von funkelnder Bosheit. Es kostete sie unverhältnismäßig viel Kraft, diesen kleinen Anfall zu überwinden. Sie wunderte sich wieder einmal darüber, mit welch stillem Heldenmut (oder war es einfach Stupidität?) die Menschheit es hinnahm, bis ins Alter von Zähnen und Zahnärzten gequält zu werden, mit dem einzigen Erfolg, letzten Endes doch eine dieser schrecklichen Prothesen in den Mund zu bekommen. Annette kannte so viele Leute, denen dies nach ungezählten Leidensjahren widerfahren war und die sich, wie sie behaupteten, sogar daran gewöhnt hatten. Das schien ihr das Entsetzlichste daran zu sein, daß man sich offenbar wirklich an alles gewöhnen konnte.

Noch vor zehn Jahren hatte sie gedacht, wenn ich meine Zähne verliere, muß ich mich umbringen; seither hatte sie wirklich drei oder vier Zähne verloren, und sie dachte jetzt nicht mehr ans Umbringen, sondern ging dafür regelmäßig zum Zahnarzt, was natürlich viel unangenehmer war.

Meist gab es nur ein paar kleine Plomben, genau das, was sie am meisten fürchtete. Einen Zahn ziehen zu lassen war barbarisch, blutig und eine ehrliche kleine Tragödie, aber die Bohrmaschine war viel unerträglicher; diesen nervenzerreißenden Ton zu hören und den kleinen bösartigen Schmerz zu spüren, der nur ahnen ließ, von welch höllischer Art er eigentlich war, sobald der Bohrer auf den Nerv traf. Und daß man die Zähne ausgerechnet im Kopf tragen mußte, war wohl das Äußerste an Perfidie, überall anderswo wäre es erträglicher gewesen zu leiden.

Annette fror und drückte sich in die Ecke. Ich bin ein erbärmlicher Feigling, dachte sie, es ist einfach nicht zu glauben. Und sie ließ die Zungenspitze prüfend über die Schneidezähne gleiten. Sie spürte keine rauhe Stelle, aber sie wußte, der Doktor würde sie sogleich entdecken mit seinem winzigen Spiegel, immer noch hatte er sie gefunden.

»Alserstraße«, rief der Schaffner, und Annette schreckte aus ihrem Brüten auf und schickte sich an auszusteigen. Ein unbeschreibliches Gefühl schnürte ihr den Hals zusammen, während der fast geschlagene Rest einer tapferen Annette sich darüber lustig machte.

Sie mußte ein paar Minuten zu Fuß gehen und, wie immer bei dieser Gelegenheit, sagte sie im Geist die ›Glocke‹ auf, die gerade bis zum Haustor reichte.

Aber schon während sie die Stiege hinaufging, fing ihr Herz wieder zu rebellieren an. Sie hatte sich diesmal nicht angemeldet, und es wurde ihr klar, daß sie die ganze Zeit hindurch gehofft hatte, das Wartezimmer werde so überfüllt sein, daß sie unverrichteter Dinge wieder gehen müßte.

Es saßen aber nur drei Leute um den runden Tisch und taten so, als läsen sie in den Illustrierten, während sie sich wohl ebenso fürchteten wie sie selbst. Annette mußte eine halbe Stunde warten und rauchte zwei Zigaretten. Sie konnte sich nicht dazu bringen, die zerblätterten Zeitungen anzufassen oder an etwas anderes zu denken als an ihre Zähne.

Als sie an der Reihe war, ließ sie sich widerstandslos und zermürbt in den Stuhl fallen und öffnete wortlos den Mund. Sie bekam drei kleine Plomben, von denen die eine am Zahnhals ziemlich schmerzte, aber der Schmerz stand in keinem Verhältnis zur ausgestandenen Angst, und Annette kam sich ziemlich lächerlich vor, als sie wieder auf der Straße stand, mit einem häßlichen medizinalen Geschmack im Mund. Ein halbes Jahr ohne Zahnarzt lag jetzt vor ihr, und sie vergaß mit einem Schlag die letzte Stunde und flüchtete in das nächste Kaffeehaus. Hinter der Zeitung vergaß sie eine Weile ihre eigenen Probleme und erregte sich über eine Gerichtssaalnotiz. War es nicht unglaublich, daß ein Mensch, der seine eigene armselige Hütte angezündet hatte, zu sechs Jahren schweren Kerkers verurteilt wurde, während ein Kinderschänder mit neun Monaten und ein Totschläger mit fünf Jahren davonkam? Irgend etwas stimmte da nicht. Oder enthielten die Strafgesetze nichts anderes als ein gesetzlich festgelegtes Unrecht? Es hatte keinen Sinn, darüber mit Gregor zu reden, er würde mit den Schultern zucken und sagen: »So ist es eben, meine Liebe. Da du ja nicht die Absicht hast, eine Hütte anzuzünden, kann es dir doch ganz egal sein.« Es berührte ihn nicht, daß man nahezu ungestraft einen Menschen schädigen oder töten durfte, wenn man nur nicht daran dachte, die Interessen einer Versicherungsgesellschaft anzutasten.

Ich verstehe es nicht, dachte sie erbittert, und ich möchte auch nie so weit kommen, es zu verstehen.

In der wöchentlichen »Sprechstunde« beklagte sich eine unglückliche Frau über ihren trunksüchtigen Gatten, und ein junger Mann jammerte über seine Schüchternheit, die es ihm unmöglich machte, Anschluß zu finden. Es war ein wenig abstoßend, lächerlich und obendrein in einem erbärmlichen Deutsch geschrieben, aber rührend. Kein Briefkastenonkel, überhaupt kein Mensch konnte den beiden helfen, aber Annette hoffte, die völlig nichtssagenden beschwichtigenden Antworten würden doch ein wenig Trost spenden.

Sie sah die arme Frau und den schüchternen Burschen deutlich vor sich und erging sich in Gedanken und Vermutungen über das traurige Leben, das sie führen mochten. Der Briefkastenonkel war gedacht als Stellvertreter Gottes, und wie man früher zur Beichte gegangen war und seine Geheimnisse dem anonymen Ohr eines Priesters anvertraut hatte, warf man heute einen Klagebrief in den anonymen Postkasten und ging erleichtert nach Hause in das alte Elend zurück. Es war ein wenig würdeloser und jämmerlicher, aber in diese Richtung hatte sich ja das ganze Leben verschoben. Der Glaube an eine allesverstehende und allesverzeihende überpersönliche Macht war geblieben, und wer darüber lachen konnte, begriff einfach nicht, worum es ging. Auch sie, Annette, hätte gerne einen

Brief geschrieben, und es war durchaus kein Glück für sie, daß sie nicht den Glauben besaß, der Brief werde an die richtige Adresse gelangen, oder wenn es ein Glück war, so war es das härteste und eisigste Glück, das man sich vorstellen konnte. Noch vor einem Jahr würde sie über die »Sprechstunde« gelächelt haben, ein Lächeln, geboren aus Hochmut und Unwissenheit; für die neue Annette gab es überhaupt nur eine Person, über die zu lächeln sie ein Recht hatte, und das war sie selbst.

Es war elf Uhr geworden, als Annette sich dabei ertappte, daß sie blind auf die Marmorplatte des Tisches starrte. Sie verließ das Café, und immer noch lagen neun Stunden vor ihr, die sie hinter sich bringen mußte. Neun Stunden ihres Lebens, von denen sie nichts wissen wollte und die ihr doch geschenkt waren und nie wiederkehren würden. Annette konnte sich nicht erinnern, sich früher jemals gelangweilt zu haben. Damals war alles gleich wichtig oder gleich unwichtig gewesen, es gab nichts, worauf sie brennend vor Ungeduld hätte warten müssen.

Dieses Warten tat ihrem Herzen nicht gut, sie spürte deutlich, es schmerzte leise, aber durchdringend, und zeitweilig fing es an zu rasen oder tat so, als wolle es überhaupt zu schlagen aufhören. Der kleine Muskel war den neuen Aufregungen und Anstrengungen nicht recht gewachsen. Aber er mußte sich einfach daran gewöhnen, und wenn er das nicht konnte, so war bestimmt nicht schade um ihn. Sie mochte sich deshalb nicht beunruhigen, es war nur lästig und störend, aber nichts, was sie wirklich ängstigte.

Um zwölf Uhr suchte Gregor öfters ein kleines Restaurant in der inneren Stadt auf. Sie konnte ihn dort überraschen, und vielleicht freute er sich sogar darüber. Aber es war doch nicht ganz gewiß. Der Gregor, der aus seinem Büro gekommen war, um rasch ein Steak zu essen, war nicht der Gregor, der am Abend zu ihr nach Hause kam.

Er war ein fremder, vielbeschäftigter Mann, den man besser nicht störte in seiner Welt, zu der es für sie keinen Zutritt gab. Ebensogut konnte sie mit seiner Photographie zu Mittag essen. Da sie ihm aber versprochen hatte, nicht die Mahlzeit zu vergessen, beschloß sie, in den Ratskeller zu gehen.

Es war noch ein wenig zu früh und Annette setzte sich in den Park. Die Sonne schien durch blaugraue Wolken, der Wind hatte sich etwas gelegt, und auf den Bänken saßen junge Frauen, häkelten oder lasen, während ihre Babys in den Wagen dahindösten. Das friedliche Bild erfüllte Annette mit einer heimlichen brennenden Ungeduld. Nie im Leben werde ich das können, dachte sie. Oder wurde man so, sobald man ein Kind hatte? Es war nicht auszudenken, da aber so vieles sich geändert hatte in den letzten Monaten, mochte es auch darauf nicht mehr ankommen. Und dann wußte sie plötzlich, daß sie nie hier sitzen würde, mit ihrem Kind im Wagen, häkelnd oder lesend, der Sonne hingegeben, mit jener ernsthaften Ruhe in den schläfrigen, leeren Augen.

Das alte Gefühl des Ausgeschlossenseins überfiel sie wieder. Es war ein Unrecht an ihrem Kind, daß sie nicht so sein konnte wie diese Mütter.

Sie zog den Mantel über den Knien zusammen und spürte, wie vor Ungeduld der Schweiß auf ihre Stirn trat. Es war unerträglich, dies alles zu sehen, die ersten Blattknospen, den glitzernden Kiesweg und die runden Gesichter der schlafenden Kinder. Diese Stille und Gelöstheit, die ihr nur für Minuten in Gregors Armen geschenkt wurde, das Gefühl, daheim zu sein an dem einzigen Ort, den es für sie zu erreichen galt.

Neben ihr auf der Bank lag ein Häufchen Kieselsteine, vergessen von einem fremden Kind. Feucht schimmernd lagen sie in der Sonne, und in Annette regte sich das vertraute Entzücken beim Anblick dieser runden, sauberen Schönheit. Manche waren taubengrau, andere zartrosa oder bläulich, auch ein paar gelbe Steine waren dabei. Schon einmal hatte sie mit ihnen gespielt, vor unendlich langer Zeit.

Sie hockte am Rand eines kleinen Baches, Schierlingstauden nickten feucht über ihrem Kopf, und sie war vollkommen glücklich und wußte es nicht. Ein Bussard kreiste ruhig über dem Wald, und es gab nichts als Freunde um sie, nichts, was ihr angst machte. Den flüsternden Bach vor Augen, den zarten Schauer der nassen Wiese im Nacken und irgendwo dahinter die riesigen Holzstapel, aus denen die Sonne kleine Harztropfen sog. Eine Säge kreischte und der scharfe Ton ließ die Luft erzittern.

Nichts war davon geblieben als die Kiesel in ihrer Hand, die in ihrer kühlen, farbigen Glätte alles für sie bewahrt hatten, den kreischenden Sägeton, den Geruch nach nassen Gräsern und Harz und das lautlose Gleiten des Bussards.

Annette ertappte sich dabei, daß sie die Steinchen in die Tasche schieben wollte, hastig und gierig, wie man Diebsbeute verbirgt. Jäh erwachend, schleuderte sie die Kiesel auf den Weg. Du mußt es vergessen, sagte Tante Johanne, vergiß es, das alles hat es nie gegeben. Und Annette hatte ihr geglaubt, bis es nur noch die kühle, altmodische Wohnung in der großen Stadt gab, ihr kleines Kabinett, die Lade mit den Schulheften und dem bröselnden Streuselkuchen, der so sehr nach nichts schmeckte, daß man ihn vergessen konnte, ehe man ihn noch geschluckt hatte. Alles schmeckte von da an ein wenig nach nichts, und Tante Johannes Hand fühlte sich gar nicht wie eine lebendige Hand an. Und langsam verwandelte sich auch die heiße, feuchte Kinderhand, wurde kühl und trocken, immer ein bißchen weniger lebendig, bis sie aufhörte zu leiden.

Das war es, dachte Annette und starrte blind in den Kinderwagen neben der Bank, das wollte sie erreichen; ich sollte aufhören zu leiden und so werden, wie sie war. Diese Frau, die, wie sie selbst zugegeben hatte, von Natur aus herrschsüchtig, gierig und ruhelos gewesen war, hatte eines Tages beschlossen, gütig, gerecht und still zu werden, und es war ihr sogar gelungen, um den Preis, ein wirklich lebendiger Mensch zu sein. Aber das konnte sie dann nicht mehr beurteilen, sie hatte längst aufgehört, unter dem Verlust zu leiden. Annette wußte, daß man sich dahinbringen konnte, aber sie hatte nie Tante Johannes Willenskraft besessen. Annette hatte sich nie gegen sie aufgelehnt. Das kleine Mädchen aus einer fremden Welt, die der alternden Frau wild und anstößig erscheinen mußte, hatte ihr Bestes getan, die gestellte Aufgabe zu lösen. Und nichts machte eine Auflehnung unmöglicher als unpersönliche Güte und Gerechtigkeit. Nein, Tante Johanne war kein Feind gewesen, denn verborgen in dem kleinen Mädchen steckte auch etwas von ihrem Wesen, das zögernd Antwort gab auf das ruhige, gleichmäßige Werben.

Ganz bewußt hatte die große, hagere Frau versucht, das Kind nach ihrem Bild zu formen und ihm das zu ersparen, was sie selbst dreißig Jahre lang unglücklich und rastlos gemacht hatte. Man konnte ihr den kleinen Rechenfehler nicht verübeln, den unbekannten Faktor, den sie vergessen hatte einzusetzen und der eines Tages aufscheinen mußte.

Das Kind im Wagen schlug die Augen auf, bewußtlose Schlafaugen, in denen sich nichts spiegelte als der blaue Himmel und die Wolkenstreifen. Es war gut, in dieses blaue Nichts zu blicken und für eine Sekunde zu vergessen.

Dann erhob sich die fremde Mutter und schob den Wagen fort. Annette spürte die Kälte ihre Knie heraufkriechen. Von der nahen Kirche schlug es zwölfmal. Eine

Gruppe junger Leute, mit Heften und Mappen unter dem Arm, kam von der Universität her. Annette sah ihnen nach, wie lange war es her, daß sie selbst so gegangen war – eine Ewigkeit. Sie stand auf und ging zögernd durch den Park; sie fühlte sich nicht hungrig, aber sie hatte Gregor versprochen zu essen, und was man versprochen hatte, mußte man halten; müßig, darüber nachzudenken, warum eigentlich.

Im Rathauskeller waren alle Tische an der Wand besetzt, und sie mußte sich in die Mitte setzen. Das alte Unbehagen überschwemmte sie. Es gab nichts Ungemütlicheres als an einem Mitteltisch zu sitzen, den Rücken völlig ungedeckt. Sie bestellte Rindfleisch, in der Annahme, nicht warten zu müssen auf ein so alltägliches Gericht. Aber sie mußte dann doch zwanzig Minuten warten, und als das Essen endlich kam, war sie erschöpft vor Ärger und Unbehagen. Während sie aß, dachte sie nur daran, wie lang es wieder dauern mochte, ehe der Ober zum Zahlen erscheinen würde. Als das Geschirr abgeräumt wurde, wußte sie schon nicht mehr, was sie als Beilage gegessen hatte. Es roch nach erkaltetem Fett, Bier und fremden Menschen, und Annette fürchtete schon, es könne ihr übel werden, als der Ober endlich erschien.

Nachher war sie so müde, als habe sie nicht gegessen, sondern stundenlang Koffer geschleppt. Sie konnte jetzt nach Hause fahren und sich ausruhen, aber die Vorstellung der leeren Wohnung, in der alles sie an Gregor erinnerte, erschreckte sie so sehr, daß sie stadteinwärts bog.

Sie ging über den Graben, stand vor den Buchhandlungen und Antiquitätenläden und fing an, sich von den Strapazen des Mittagessens zu erholen. Es war gut, daß die Geschäfte um diese Zeit gesperrt waren, denn sonst hätte sie gewiß wieder der Versuchung nachgegeben und ein Buch oder eine der bemalten Tassen gekauft.

Dann fiel ihr ein, daß sie ja nicht mehr sparen mußte, es machte Gregor sogar Vergnügen, wenn sie Dinge nach Hause brachte, die sie nicht unbedingt brauchte. Sie vergaß es nur immer wieder und konnte sich nicht an ihren plötzlichen Reichtum gewöhnen. Und da merkte sie, daß sie sich ganz in der Nähe von Gregors Büro befand. Ihr Herz fing so wild zu schlagen an, daß sie in ein Haustor treten mußte, um sich ein wenig an die Wand zu lehnen. So geht es nicht, sagte sie sich, ich muß anderswo hingehen, und sie verzichtete auf den Bummel durch die Kärntnerstraße und beschloß, zur Schneiderin zu fahren. Die Wäsche klebte ihr jetzt feucht am Leib, und sie fror in den zugigen Straßen. Aber es war immerhin eine Aufgabe, bis zum Ring zu gelangen, und das war es, was sie heute brauchte. Eine Reihe kleiner Aufgaben, die sie vergessen ließen, daß noch immer sieben lange Stunden vor ihr lagen. Sie kaufte eine Mittagszeitung und fand einen Platz in der Straßenbahn. In der Zeitung stand, wie immer, nichts von Bedeutung, aber sie zwang sich jede Seite zweimal zu lesen, und als sie ausstieg, erinnerte sie sich nicht, irgend etwas gelesen zu haben, und warf das Blatt in den nächsten Abfallkorb.

Sieben Minuten waren vergangen, seit sie zum Ring gekommen war.

Frau Grete, die Schneiderin, hatte sich keine Mittagspause gegönnt. Sie stand vor dem großen Tisch und schnitt an einem Stück grüner Seide herum. Sie schien erfreut darüber, Annette zu sehen, und ihre Freude steigerte sich zu Entzücken, als sie vernahm, Annette brauche drei Umstandskleider. Sie holte sofort einen Stuhl herbei, drückte ihren Besuch hinein, und Annette fühlte sich sogleich schwangerer als je zuvor. Während die Frau immer neue Modehefte herbeibrachte und immer neue Vorschläge machte, betrachtete Annette ihr Gesicht, das so hart, sicher und geldgierig war, wie ein Gesicht nur sein konnte, und die zwitschernde Stimme Lügen strafte. Sie geriet in Versuchung zu sagen, es sei ja doch ganz unwichtig, worunter man vier Monate seine immer unförmiger werdende Figur versteckte, besann sich aber noch rechtzeitig und beugte sich reumütig über ein besonders ausgefallenes Modell. Immer schon hatte Frau Grete auf sie einschüchternd gewirkt, und sie begriff nicht, warum sie noch länger zu ihr kam, aber sie wußte, daß sie auch weiterhin kommen würde; es war so mühsam, sich an ein neues Gesicht zu gewöhnen. Sie sagte »ja, ja« und »glauben Sie wirklich«, und es gelang ihr, Frau Grete zu etwas möglichst Unauffälligem zu überreden. Man einigte sich auf ein Hauskleid, ein Jackenkleid für die Bibliothek und auf etwas Seidenes für den Abend. Annette wurde gemessen und erstarrte in eisiger Abwehr, als die flinken harten Finger Brust und Leib berührten. Mit einem gräßlich schelmischen Lachen stellte Frau Grete fest, Annette sei um die Mitte schon ein paar Zentimeter stärker, aber sonst eher noch schlanker geworden. Es gelang Annette, zufriedenstellend zu lächeln, und sie versuchte zu begreifen, warum die Frau sich plötzlich anstellte, als hätten sie zusammen ein anrüchiges Geheimnis. Wie eine Komplizin, fand sie, und erinnerte sich, schon immer dieses geheime Einverständnis zwischen Frauen bemerkt zu haben, wenn es um Kinder, Liebe oder Krankheiten ging. Sie lächelte nun wirklich und vom Herzen, und sofort verwandelte sich die kalte Berufsmaske vor ihr in ein warmes, liebenswertes Gesicht, wurde weich und jung, und selbst die Finger verloren von ihrer Hast und Härte und strichen behutsam über Annettes Hüften.

»Sie müssen auf sich aufpassen, Frau Doktor«, sagte sie, »schonen Sie sich nur«, und dann mit einem neiderfüllten Glitzern in den Augen: »Sie können sich das doch leisten.«

Kann ich das? dachte Annette. Sie wußte nicht, was sie sich leisten sollte, es gab nichts, was sie sich wünschte, jedenfalls nichts, was für Geld zu haben war.

Aber das konnte sie dieser Frau nicht gut sagen, wollte sie nicht für eine Närrin gehalten werden. Sie verabschiedete sich rasch und versprach, die Stoffe bald zu bringen.

Zu Fuß ging sie bis zur Währingerstraße und ließ sich, ganz gegen ihre Gewohnheit, Zeit für den Einkauf, nicht weil sie es liebte, in Stoffen zu wühlen, sondern weil es wichtig war, möglichst viel Zeit damit hinzubringen.

Wieder auf der Straße, fiel ihr auf, daß sie sich nicht an das Gesicht des Verkäufers erinnern konnte, und sie erschrak. Es war ihr alter Fehler, nicht ganz bei der Sache zu sein, Gesichter nicht zu sehen, Namen zu vergessen und Dinge, die getan werden mußten, nur automatisch zu tun. Es war nicht in Ordnung, denn die geringste Aufgabe sollte den ganzen Menschen beanspruchen. Sie fühlte sich beschämt und zwang sich dazu, in den nächsten Minuten Passanten zu beobachten, wirklich zu sehen, was es in den Auslagen gab, und Gesprächsfetzen in ihr Bewußtsein eindringen zu lassen.

Dann ertappte sie sich dabei, hinter einem fremden Mann zu gehen und wie gebannt auf seine Schultern zu starren. Es waren vertraute Schultern, und auch der Gang des Fremden erinnerte sie an Gregor. Sie mußte mindestens zehn Minuten hinter dem Menschen gegangen sein, ohne es zu wissen, und sie hatte die Straße verfehlt, in die sie hätte einbiegen sollen. Sie mußte zurückgehen und nahm es bewußt als Buße auf sich. Das Paket hing jetzt schwer an ihrem Arm und im Kreuz saß ein ziehender Schmerz. Recht so, es gebührte ihr nichts anderes. Sie sah auf die Uhr, es war halb vier. Mit einem Seufzer der Erleichterung stieg sie wieder zur Schneiderin hinauf und gab das Paket ab. Es war noch immer halb vier, und Annette stand ratlos unter dem Haustor. Schließlich, da sie ja nicht so stehenbleiben konnte, ging sie einfach die Straße weiter. Ganz in der Nähe lag ihre alte Wohnung. Sie konnte ja einmal schauen, wie Meta sich dort eingerichtet hatte. Vor einem Blumenladen zögerte sie, widerstand der Versuchung und trat dafür in die nächste Konditorei. Meta machte sich nicht viel aus Blumen, dafür liebte sie Süßigkeiten.

Es war ein sonderbares Gefühl, hier zu gehen, wo sie tausendmal gegangen war. Es war erst vier Monate her, aber in Wahrheit lag das Jahre zurück. Was hatte sie hier noch verloren, wer weiß, ob Meta überhaupt zu Hause war? Aber dann stieg sie doch die vier Stiegen hinauf und stellte fest, daß ihr Herz es jetzt noch schlechter vertrug als früher. Atemlos stand sie vor der Tür, die nicht mehr ihr Namensschild trug, und schloß die Augen. Ich läute bei meiner eigenen Wohnung, aber es war ja nicht mehr ihre Wohnung, auch wenn sie noch auf ihren Namen eingetragen war. Meta starrte sie so merkwürdig an und überfiel sie heute nicht mit Fragen und Ausrufen, sondern führte sie schweigend ins Zimmer. Es war fast ein wenig unheimlich.

»Du mußt dich sofort hinlegen«, sagte Meta streng, und Annette streckte sich gehorsam aus.

»Sehe ich denn so schrecklich aus?« fragte sie eingeschüchtert.

»Du bist grün«, sagte Meta und versetzte dem Sofakissen einen Stoß, ein Zeichen, daß sie wütend war. »Wie lange läufst du denn schon herum?« fuhr sie fort und »Tu doch etwas dagegen, nimm meinetwegen Biomalz!«

Annette lachte befreit und schloß die Augen. »Magst du mir einen Kaffee kochen?« fragte sie, und Meta stürzte aus dem Zimmer. Es wäre sinnlos gewesen, sie um Tee zu bitten, sie war keine Teetrinkerin, und was sie als Tee bezeichnete, war für Annette ein ungenießbares strohfarbenes Getränk. Während Meta in der Küche hantierte, blieb Annette ruhig liegen und spürte, wie ihr Herz sich langsam beruhigte. Wenn sie die Augen nicht öffnete, konnte sie sich einbilden, auf ihrer eigenen Couch zu liegen. Dort drüben standen der Teetisch und die beiden Polstersessel und in der Ecke der Schreibtisch. Es war abends, sie war gerade aus der Bibliothek nach Hause gekommen, der Gasofen glühte und eine ruhige Nacht lag vor ihr. Ein Buch erwartete sie, eine Schale Tee und das heiße Bad.

Es gab nichts, was sie beunruhigen konnte, nichts, worauf sie warten mußte, nur ein wenig Leere war da, angenehme Leere; niemand kümmerte sich um sie, und auch sie kümmerte sich um niemanden. Alexander war in Paris, und ein halbes Jahr der Einsamkeit lag vor ihr. Und dann machte sie die Augen auf und erwachte. Metas helle Schleiflackmöbel standen um sie, die Vorhänge waren fremd und bunt und der Teppich zeigte ein viel zu auffallendes Muster. Ich muß das endlich aufgeben, dachte Annette, das und alles, was früher war. Und sie richtete sich auf und setzte sich sehr gerade hin, die schmerzenden Schultern gestrafft und das Kinn hochgereckt.

»Schon besser?« fragte Meta und stellte das Tablett auf den Tisch. »Du siehst schon wieder recht arrogant aus.«

Annette lachte und nahm ein Stück Zucker aus der Dose. »Ich bin gekommen«, sagte sie, »um mit dir über die Wohnung zu reden. Ich kann sie nicht länger behalten, man könnte mir Schwierigkeiten machen. Ich möchte, daß du sie auf deinen Namen schreiben läßt. Hast du Beziehungen zu Leuten, die das arrangieren können?«

Es war endlich gesagt. Annette atmete auf und trank den ersten Schluck Kaffee. Meta starrte sie überrascht an.

»Ist das dein Ernst, Annette? Ich meine, hast du dir das

auch gut überlegt? Ich könnte es einrichten, ja, sicher, das ließe sich machen.«

»Na«, sagte Annette, »dann tu das möglichst bald.«

»Du sollst es dir noch überlegen«, gab Meta zu bedenken, »wenn ich diese Wohnung einmal hab, geb ich sie nicht mehr her, auch dir nicht.«

Annette sah sie an, das glühende, erregte Gesicht, die glänzenden Augen, nein, Meta gäbe die Wohnung nicht mehr her; nichts gäbe sie her, was einmal ihr gehörte, und sie tat gut daran. »Ich komm doch nie mehr zurück«, sagte sie ruhig, und man konnte das auffassen, wie man wollte.

Meta nahm es wörtlich. »Natürlich«, sagte sie, »du hast ja jetzt die große Wohnung, warum solltest du zurückkommen – und für mich ist es das größte Glück. Trinken wir darauf einen Kognak.«

»Von mir aus«, gab Annette nach. Metas Fähigkeit, sich zu freuen, war schon immer für sie ein Anreiz gewesen, etwas zu sagen oder zu tun, das die andere in diesen Zustand versetzen konnte. Es war so angenehm erwärmend, die strahlende, glückliche Meta zu beobachten. Zärtlichkeit regte sich in ihr für dieses gesunde, hübsche Frauenzimmer, das man so leicht beglücken konnte und das dann so schön anzuschauen war. Sie mußte für einen Mann die reinste Freude sein.

»Und warum«, sagte Meta plötzlich, »rennst du dir eigentlich die Füße ab, das hast du doch, weiß Gott, nicht nötig. Wenn du dir wenigstens ein Taxi nehmen würdest. Oder ist dein Mann vielleicht gar knauserig? Nein, so sieht er nicht aus. Ich mag ihn nicht, aber in diesem Fall ist er bestimmt unschuldig.«

»Und warum«, sagte Annette, »magst du ihn nicht?«, und bereute sofort die Frage.

Meta konnte niemals eine ihrer heftigen Sympathien oder Antipathien erklären. Sie zuckte auch jetzt nur unwillig mit den Schultern und zündete sich eine Zigarette an. »Reden wir über etwas anderes«, sagte sie. »Ich muß ja deinen Mann nicht mögen. Vielleicht gewöhne ich mich mit der Zeit an ihn. Hauptsache, du verstehst dich mit ihm.«

Annette fing ein mißtrauisches und ängstliches Blinzeln auf, und das bedeutete, daß Meta an dieses Glück nicht so recht glauben konnte, aber Angst hatte, Annette werde ihre Befürchtungen bestätigen. Meta konnte es nicht vertragen, wenn man ihr Geständnisse machte.

»Erzähl mir was Schönes«, sagte Annette ablenkend, und Meta fing erleichtert an, von ihrer letzten Eroberung zu erzählen, von einem jungen Menschen, den sie im Theater kennengelernt hatte. Es klang genau so, als rede sie über einen besonders netten Hund, den sie sich zugelegt hatte, oder über eine neuerworbene Nippesfigur. Annette mußte lachen, sie verstand Meta nicht ganz, aber es war angenehm, ihr zuzuhören und ihre ganze lebendige Person dabei zu betrachten, den wuscheligen Kopf, die runden Schultern und die schönen, kräftigen Hände, die so gut zuzupacken und festzuhalten verstanden. Der Kaffee erwärmte und das Behagen, das von dem jungen Körper auf sie überströmte, löste die krampfhafte Spannung in ihr und ließ sie ein paarmal herzlich gähnen.

Meta sah sie streng an. »Du bist ganz erledigt, meine Liebe«, sagte sie, »man müßte dich einfach durchhauen, aber man hat ja Angst, dich auch nur anzufassen«, und ohne jeden Übergang: »stell dir vor, ich hab mir Brillen gekauft, aber ich trag sie nur in der Schule, ich schau damit unmöglich aus.«

Annette schwamm in lauem Meerwasser, unter einem ewig strahlenden Himmel, Salzgeschmack im Mund und kleine weiße Kräuselwellen vor den Augen, und sie wußte, daß das Wasser unter ihr gefährlich war, voll schwarzer

Untiefen und einer tödlichen Kälte. Aber die Kälte drang nicht bis zu ihr herauf. Die Sonne war noch nicht untergegangen und man mußte sich nicht fürchten, solange es Licht und Wärme gab und die sanften Liebkosungen der salzigen Wellen.

»Hörst du mir zu?« fragte Meta. Annette nickte und ließ sich weitertragen, Sonne auf der Haut und Salzgeschmack im Mund. Und Meta erzählte.

Es war schon sechs Uhr, als Annette wieder in die Straßenbahn stieg. Sie war ein wenig müde und benommen, aber zufrieden. Sie hatte das Gefühl, die unerbittliche Uhr überlistet zu haben, es hatte sie Mühen gekostet, den kleinen Schmerz beim Zahnarzt, stechende Füße und eine Menge Unbequemlichkeiten, aber was bedeutete das alles jetzt, da es vorüber war und das Ziel ihrer Reise immer näherrückte. Sie mußte stehen, es hatte angefangen zu regnen, und plötzlich hatten es alle Leute sehr eilig. Sie quetschten Annette gegen die Türe, traten auf ihre Füße und jemand stieß ihr mit seinem Schirm fast den Hut vom Kopf. Annette trug keinen Schirm bei sich, lieber wollte sie naß werden, als immerfort auf dieses unbequeme Stück aufpassen müssen. Voll Wohlwollen betrachtete sie ihre Bedränger, und als es gar zu arg wurde, stellte sie sich einfach tot, kreuzte die Hände über dem Leib und schloß die Augen, eine Maßnahme, die nie ihre Wirkung verfehlte. Wie oft schon hatte sie sich auf diese Weise einfach aus dem Staub gemacht. Man konnte die Puppe Annette, die da in der Ecke lehnte, stoßen, schieben, drängen, soviel man wollte, die wirkliche Annette war sehr weit fort, niemand konnte sie einfangen und zurückholen an diesen Ort der Anfechtungen. Sie saß in der Bibliothek und unterhielt sich mit einem Kollegen über das letzte Buch von Graham Greene. Gerade, als sie ihn dazu gebracht hatte, die Richtigkeit ihrer Einwände anzuerkennen, sagte ihr ein unbekannter Instinkt, daß es Zeit war auszusteigen. Ein wenig verärgert über diese Störung, versuchte sie auf der Straße in ihren Tagtraum zurückzugleiten, aber nachdem sie zweimal über einen vorstehenden Pflasterstein gestolpert war, wollte es nicht mehr gelingen, und Annette resignierte.

Sie trat in den Vorgarten der Villa und stieg zum ersten Stock hinauf. Im Badezimmer bürstete sie ihr feuchtes Haar, wusch sich und versprengte ein wenig Eau de Cologne. Dann zog sie den Morgenrock an und ging in ihr Zimmer. Die Bedienerin hatte, wie jeden Tag, tadellos aufgeräumt. Annette steckte die Blumen in der Vase um, es war nicht anzusehen, wie diese Person es fertigbrachte, den schönsten Strauß in einen wüsten Besen zu verwandeln, aber das war wohl zu verstehen. Sie wußte recht gut, aus eigener Erfahrung, daß man nach stundenlangem Bodenbürsten und Staubwischen keinen Blick mehr haben kann für ein paar rosa Nelken.

Sie beschloß, Gregor mit einem Abendessen zu überraschen, es war wohl das mindeste, was ein Mann von seiner Frau an ihrem freien Tag erwarten durfte. Außerdem konnte man damit wieder eine Stunde überleben.

Um sieben Uhr blieb ihr wirklich nichts mehr zu tun übrig. Sie konnte nur hoffen, Gregor werde rechtzeitig erscheinen. Sie ging ins Eßzimmer, deckte den Tisch und stellte das Radio an und im nächsten Augenblick angeekelt wieder ab. Es war eine sonderbare Sache mit diesem dunklen Kasten, mit dem sie sich so gar nicht befreunden konnte. Es lag vielleicht nur an ihr, sie hatte einfach nicht die Geduld, Station um Station nach etwas Brauchbarem abzusuchen. Es genügte ja auch schon, hilflos dabeisitzen zu müssen, wenn Gregor Radio hörte, in einer Lautstärke, die immer eine Spur zu stark war. Da sie aber nur die Wahl hatte, Gregor gar nicht oder mit Radiobegleitung zu sehen, mußte sie das Übel in Kauf nehmen. Natürlich hätte er es auf ihren Wunsch leiser gestellt oder sogar abgeschaltet, aber sie wagte einfach nicht, ihn darum zu bitten. Der Gedanke, er könne sie für nervenschwach oder hysterisch halten, war ihr unerträglich. Es war lächerlich und dumm von ihr, aber da sie ihr ganzes Leben mit Gregor auf der Lüge aufgebaut hatte, seine Lebensäußerungen ertragen zu können, durfte sie auch nicht den kleinsten Stein an diesem Gebäude zum Wanken bringen. Eine Weile stand sie am Fenster und starrte auf die Allee hinaus. Autos fuhren vorüber und ein paar Passanten eilten durch den feinen, grauen Regen nach Hause. Annette fror, obgleich das Zimmer geheizt war. Es war nie so warm in der Wohnung, wie sie es gern hatte, da Gregor viel weniger Wärme brauchte als sie. Auch in ihrem Zimmer hatte sie sich angewöhnt, den Heizkörper zu drosseln. Gregor pflegte den Abend meist hier zu verbringen, und sie wollte nicht, daß er sich bei ihr unbehaglich fühlte und den Rock ausziehen mußte.

Sie fror übrigens immer nur bis zu dem Augenblick, in dem sie Gregors Schritte im Vorzimmer vernahm. Dann hörte sie mit einem Schlag zu frieren auf. Alles hörte dann auf, die Kälte, das Warten und die Angst.

Annette ging in ihr Zimmer zurück und versuchte zu lesen, einen Roman, den ihr noch Alexander empfohlen hatte und mit dem sie sich seit drei Tagen abquälte. Offenbar war es nicht der richtige Roman für sie. Er spielte in einer äußerst unwirtlichen Gegend, in der es nur Nebel, Regen und häßliche Leute gab, die keinen anderen Wunsch kannten, als einander das Leben zur Hölle zu machen. Unentwegt tranken sie dazu Fusel und aßen Mahlzeiten, deren Beschreibung einem für Jahre den Appetit vertreiben konnte. Selbst das Liebespaar, oder wie man es sonst nennen sollte, war häßlich und gemein und roch, wie immer wieder beteuert wurde, nach Zwiebel und kaltem Schweiß, und sein Liebesgeflüster bestand ausschließlich aus Obszönitäten und Grobheiten.

Annette legte das Buch aus der Hand. Wenn es tatsächlich derartige Zustände und Menschen gab, so mußte man etwas dagegen tun, oder ~~hingehen und~~ sich aufhängen. Aber einen Roman über diese Dinge zu schreiben oder zu lesen war völlig überflüssig. Außerdem stimmte das Ganze nicht. Manche Leute rochen zwar wirklich schlecht, aber sie hatten dafür schöne Augen oder doch wenigstens eine liebenswerte Eigenschaft, und selbst der brutalste Trunkenbold streichelte einmal im Leben seinen Hund. Und in Gegenden, in denen Nebel und Feuchtigkeit herrschten, wuchs das Gras besonders grün und schön und es gab niemals Staub. Darüber hatte der Autor kein Wort verloren.

»Ein ganz raffinierter Lügner«, murmelte Annette und zog sich die Decke über die Schultern. Als ob die einfache Wirklichkeit nicht schon genügte, den Menschen das Herz zu brechen, ganz ohne besondere Grausamkeiten, Schmutz oder Gemeinheit.

Dann war es wieder da, das zarte Pochen in ihrem Leib. Mitleid erfüllte sie mit dem Geschöpf, das da in ihr seinem Schicksal entgegenwuchs, und trieb ihr Tränen in die Augen. Vier Monate noch war es, bei einigem Glück, in Sicherheit und Wärme, und auch daran würde es sich später nicht einmal erinnern. Ein paar Jahre konnte sie sich zwischen das kleine Leben und die Welt stellen, und dann war auch das vorbei und kein Mensch konnte ihm mehr helfen, ebensowenig wie ihr jemand helfen konnte oder Gregor oder dem alten Hausmeister in der Bibliothek.

Die einzige Entschuldigung, die es gab, war, daß wohl kaum ein Mensch bewußt daranging, neues Leben zu wecken, ebensowenig, wie der harmlose Schifahrer bedachte, seine Schritte könnten eine Lawine zum Gleiten bringen, die sich nach ihren eigenen Gesetzen fortbewegen mußte und die keine Macht der Welt zum Stehen bringen konnte.

Du denkst schon wieder zuviel, Annette, sagte sie sich, es tut dir nicht gut und auch sonst keinem Menschen. Es schwächt dich nur und macht dich unfähig zu handeln. Alles Unglück kam daher, daß die Denkenden nicht mehr handeln konnten, und die Handelnden keine Zeit fanden zu denken. Und man konnte sich nicht einmal entscheiden zwischen diesen beiden Möglichkeiten, sondern gehorchte blind den Gesetzen der Vererbung und den Einflüssen der Umwelt, denen man als Kind ausgesetzt gewesen war.

Annette warf die Decke von sich, legte sie ordentlich zusammen und ging in Gregors Arbeitszimmer. Ein paar Minuten saß sie vor dem dunklen Schreibtisch, dessen Laden nicht versperrt waren. Noch nie war ihr der Gedanke gekommen, eine von ihnen zu öffnen, nicht, weil man das einfach nicht tat, sondern weil sie überzeugt davon war, in ihnen nichts zu finden, was ihr auch nur den geringsten Aufschluß geben konnte. Gregors Geheimnis, wenn es ein solches gab, steckte nicht in einer Schreibtischlade, sondern in seinem Körper, und niemals konnte es ihr gelingen, es zu enträtseln, weil ihrem eigenen Körper die Fähigkeit dazu fehlte.

Sie wußte längst, daß ihr jede animalische Anziehungskraft fehlte; manche Leute verliebten sich in ihr Gesicht, ihre Art zu sprechen und in etwas Unwägbares, das sie nicht einmal benennen konnte.

Gregor mußte das längst erkannt haben; vielleicht hoffte er, seine eigene Vitalität werde für sie beide ausreichen und ihre Verbindung am Leben erhalten, viel wahrscheinlicher aber hatte er nie darüber nachgedacht und begnügte sich damit, das leise Unbehagen, das sie manchmal in seinen Augen aufdämmern sah, sofort wieder zu verscheuchen. Man konnte auch nicht mit ihm darüber reden. Für Alexander zum Beispiel hätte es einen unerschöpflichen Gesprächsstoff abgegeben, er hätte darüber geredet, bis nichts mehr davon übriggeblieben wäre. Annette erinnerte sich deutlich der Leere, die derartige Gespräche immer in ihr zurückgelassen hatten, des Gefühls, nicht mehr wirklich vorhanden zu sein. Alexander hatte sich dann in einen Schemen verwandelt, der den Schemen Annette in einer Wohnung zurückließ, in der man nicht mehr wagen durfte, die Dinge zu berühren, aus Furcht, sie könnten sich sogleich in Nichts auflösen. Genau das war es gewesen. Innerhalb einer Stunde war es Alexander noch immer gelungen, der Wirklichkeit jede Substanz zu entziehen und Annette in einen Zustand zu versetzen, in dem sie daran zweifelte, daß es überhaupt etwas gab.

Sie fuhr mit der Handfläche über die Schreibtischplatte, spürte das feste Holz und die rauhe grüne Unterlage und beruhigte sich ein wenig. Dann stand sie wieder am Fenster und sah in die spärlich erhellte Allee hinaus. Aus den Fenstern im Parterre fielen Lichtstreifen auf den Vorgarten, und es war ganz still geworden. Auf ihrer Armbanduhr war es jetzt halb neun. Gregor konnte jeden Moment nach Hause kommen, da er bis jetzt nicht angerufen hatte, es könne später werden. Lieber Gott, dachte sie, laß ihn nicht mehr anrufen. Dann trat sie verlegen vom Fenster weg. Was hatte der liebe Gott damit zu tun? Jedenfalls wußte sie gar nichts darüber und würde auch nie etwas darüber erfahren. Es war einfach eine kindische Angewohnheit, ihn anzurufen, und es konnte weder nützen noch schaden. Sie beschloß, einen letzten Rundgang durch die Wohnung zu unternehmen, und hoffte im stillen, irgend etwas werde nicht in Ordnung sein und sie ein wenig ablenken. Aber sie konnte nichts entdecken. Sie strich über die glatte Bettdecke, rückte ein paar Aschenbecher einen Zentimeter vom Platz, blies eine unsichtbare, aber vielleicht doch vorhandene Staubspur von der Stehlampe und stellte das Salzfaß ~~mehr~~ in die Mitte des Tisches.

Im Badezimmer wischte sie überflüssiges Rot von den Lippen, legte Puder auf die Nase und bürstete Wimpern und Brauen. Und dann setzte sie sich mit klopfendem Herzen und schwachen Kniekehlen auf den Rand der Wanne. Sie durfte nicht sitzenbleiben, sich hinsetzen bedeutete, daß sie wieder anfangen würde zu denken, und das mußte sie vermeiden. Sie vollführte eine kleine, stumme Beschwörung vor dem Telephon und untersagte sich strengstens, noch einmal an ein Fenster zu gehen. Sie wagte nicht, sich eine Zigarette anzuzünden, denn ihre Lippen sollten nicht nach Rauch schmecken, und so fing sie an, in langen ungeduldigen Schritten den Tisch zu umkreisen, die kalten Hände ineinandergedrückt, immer wieder bis sechzig zählend. Als sie den Wagen in die Garage fahren hörte, war sie so weit, daß sie sich an der Anrichte festhalten mußte, um nicht umzufallen.

Und dann öffnete sich die Tür und eine Welle von Wärme und betäubendem Glück überschwemmte sie.

24. März.

Um meine Lethargie zu überwinden, fing ich heute an, verschiedene Laden aufzuräumen, eine Arbeit, die mir so zuwider ist, daß ich sie immer wieder aufschob und lieber mit versperrten Schreibtischladen übersiedelte, als daß ich mich dieser Mühe unterzogen hätte.

Dabei fand ich einen Berg alter Briefe, Karten und Photographien. Habe alles verbrannt. Man sollte dieses alte Zeug nicht aufheben, es liegt etwas Morbides und

Widerwärtiges darin. Lauter scharfe Momentaufnahmen, die zusammen eine große Lüge ergeben, ein einziges Vexierbild, dessen Schlüssel man nie findet.

Das Verbrennen dieser Sachen hat mich etwas angegriffen, aber auch erleichtert. Auch die Tagebücher, bis auf den letzten Teil, verbrannt. Ich kann ihn jetzt nicht durchlesen. Vielleicht später einmal, wenn ich Gregors Bild darin suchen werde, obgleich ich mir nicht vorstellen kann, daß dieser Fall einmal eintreten wird. Wahrscheinlich werde ich dann gar nicht fähig sein, es zu lesen, und werde es auch vernichten.

Jedenfalls hat mich das Stöbern und das darauffolgende Autodafé davon abgehalten, mich auf die Couch zu legen und darüber nachzudenken, was um Himmels willen mir irgendwo im Becken so weh tun kann. Manchmal bin ich wie gelähmt davon und kann fast nicht gehen. Aber dafür hat die Übelkeit jetzt nachgelassen. Es wird auch das vorübergehen.

29. März.

Reprise des Films ›Fahrraddiebe‹. Sehr gut gemacht und doch nicht befriedigend. Warum eigentlich nicht? Ich habe den Eindruck, daß es sich hier nicht um eine wirkliche Tragödie handelt. Sein Fahrrad zu verlieren, das er zu seiner Arbeit braucht, ist für einen armen Teufel gewiß traurig, aber nicht tragisch. Erst jenseits der äußersten materiellen Not kann sich eine Tragödie entwickeln. Not allein ist nur grausam, aber ganz sinnlos, und das verstimmt uns. Ein Mensch, der nur vegetiert und vor Armut kaum einen Gedanken fassen kann, ist nur im sozialen Sinn interessant, nicht aber als Individuum. Armut war im Altertum eine Schande, und es wäre keinem Menschen eingefallen, ein Drama über einen Sklaven oder Bettler zu schreiben. Erst in dem Augenblick, in dem der Sklave sich gegen sein Los auflehnt, wird er interessant. Ich kann mir nicht vorstellen, für wen dieser sonst so ausgezeichnete Film gedreht wurde. Armut dürfte nicht dazu benützt werden, um an billige Sentimentalität zu appellieren, denn von dieser Seite her ist keine Hilfe zu erwarten. Die Träne in Frau Müllers Auge bringt keinem armen Teufel sein Fahrrad zurück und verschafft nur Frau Müller die Illusion, ein guter Mensch zu sein. Auch diese Illusion ist abzulehnen. Der Arme selbst strebt nach Reichtum und Macht und ist nichts als ein verhinderter Kapitalist. Daher lehnt er derartige Filme ab, denn er möchte ja seiner tristen Wirklichkeit im Kino wenigstens entfliehen. Fast alle Filme scheinen mir dazu zu dienen, die Menschheit möglichst infantil zu erhalten, denn mit einem Infantilen kann man natürlich machen, was man will.

4. April.

Mein Zustand, der Gregor dazu zwingt, Rücksicht zu nehmen, wo es ihm am schwersten fällt, fängt sichtlich an ihn zu langweilen. Ich nehme an, er hat gewisse Junggesellengewohnheiten wieder aufgenommen. Manchmal sehe ich in seinen Augen einen Ausdruck von Ratlosigkeit. Aber dieses vage Unbehagen wird immer wieder von neuen Eindrücken verdrängt. Sicher betrügt er mich gelegentlich, aber was sind diese Anwandlungen seines gesunden Fleisches gegen den Betrug, den ich fortwährend an ihm begehe.

11. April.

Die Annahme von Gregors Treulosigkeit fängt an, mich mehr zu bedrücken, als ich mir selber eingestehen will. Ich verabscheue gefühlsmäßig die Vorstellung, daß sein Körper auch anderen Frauen gehört. Da ich ja nichts an ihm besitze als diesen Körper, kann ich mich auch nicht mit dem so oft gehörten Argument zufriedengeben, daß er in Wahrheit nur mich liebt. Noch immer aber höre ich auf zu denken, sobald er das Zimmer betritt und mich in die Arme nimmt. Ich muß mich zwingen, wenn ich allein bin, nicht in unfruchtbare Grübeleien zu verfallen.

Alles Körperliche ist vergänglich, unschuldig und treulos. Ist es nicht auch eine Art Treulosigkeit gegen mich, wenn mein eigener Körper mir das Gefühl gibt, vergiftet zu sein? Es äußert sich jetzt in einer gewissen Apathie. Ich verbrauche meine ganze Kraft, um gegen dieses Sumpfgefühl anzukämpfen, gegen die Versuchung, mich ganz in warmes, vegetatives Leben gleiten zu lassen. Dieses Gefühl, das ich so oft in den Augen schwangerer Frauen gelesen habe, mich ermüdet und belästigt es bis in den Traum. Vielleicht wäre es besser, einfach nachzugeben, aber das will ich nicht. Es ist, als würde man langsam von einer anonymen Kraft aufgesogen, und das ängstigt mich unsagbar.

20. April.

Ich fange an zu verstehen, daß Gregors Leben zugleich seichter und tiefer ist als meines. Es scheint mir aber, daß seine schillernde Oberfläche nichts weiß von den darunter lauernden Untiefen. Ich müßte ein Teufel und ein selbstmörderischer Narr sein, wollte ich versuchen, diese Unschuld seines Nichtwissens zu zerstören.

2. Mai.

Gestern im Theater. In der Pause traf Gregor in der Wandelhalle seine geschiedene Frau, die mit irgendwelchen Leuten war. Später kam auch ihr Mann dazu, der angenehm, aber unbedeutend aussieht. Sie selbst eher ein rassiger Typ, macht aber einen kränklichen oder verblühten Eindruck. Ich erhaschte einen Blick, der mir zu denken gab. Auf der Heimfahrt fragte ich Gregor, warum er sich habe scheiden lassen. Er sah mich erstaunt an und erklärte dann, seine Frau sei immer schon hysterisch gewesen, und eines Tages habe sie behauptet, nicht länger mit ihm leben zu können. Ich sah an seinem Gesicht, daß er nie mehr daran gedacht hatte, und auch in diesem Augenblick schon wieder bereit war, es zu vergessen. Er ist ein Meister im Vergessen, wenn es ihm zweckmäßig erscheint auszuschalten. Andernfalls kann er, wie ich bemerkt habe, sogar rachsüchtig sein. Mir war plötzlich kalt. Sein heiteres, glattes Gesicht, und das Gesicht jener Frau, ihr hungriger Blick. Ich hätte sie nie kennenlernen dürfen, alles erschien mir plötzlich so hoffnungslos und verfahren.

4. Mai.

Bekannte holten mich gestern zu einem kleinen Ausflug ab. Frühlingslandschaft, blühende Bäume und Wiesen. Noch vor einem Jahr wäre ich davorgestanden wie vor einem Bild und hätte mich unberührt und ausgeschlossen gefühlt. Einmal, vor sehr langer Zeit, war ich ein Teil dieses Blühens, dann bin ich fortgegangen, so weit fort, daß ich Natur nur noch als zwei Zeilen eines Gedichtes ertragen konnte, und auch da nur mit dem leisen Unbehagen des Renegaten. Dafür hat sie sich nun gerächt und mir eine Falle gestellt, Gregor und das Kind in meinem Leib. Meine Bekannten, alle in der Stadt aufgewachsen, gaben sich dem üblichen kindischen Entzücken hin. Könnten sie die dunkle Macht erkennen, der es manchmal beliebt, sich mit zartem Laub, Gräsern und Apfelblüten zu schmücken, sie würden fliehen und sich in ihre sicheren Steinhäuser vergraben. Sie spüren nicht die mörderische, geduldige Gewalt, die an uns saugt mit lieblichen Blumengesichtern, tausend Gerüchen und der dunstigen Wärme des Waldbodens. Ich setzte mich auf einen gefällten Stamm, ratlos, müde und überwältigt, eine Fremde unter Leuten, die eine fremde Sprache sprechen.

6. Mai.

Gregor von einer Aktivität, mit der ich kaum noch Schritt halten kann. Die Sonntage scheinen für ihn beunruhigende Löcher in der Zeit zu sein, in die man möglichst viel hineinstopfen muß.

Wenn ich früher den Sonntag zu Hause verbrachte, mit Herumtrödeln, Lesen und Schlafen – eine Schale Tee und eine Buttersemmel genügten mir oft als Essen –, muß ich jetzt am Sonntag besonders früh aufstehen und den ganzen Tag im Auto verbringen. Das ist für mich ziemlich anstrengend, besonders da ich das nicht einmal zeigen darf. Gregor ist überzeugt davon, daß ich glücklich bin, auf diese Weise endlich etwas vom Leben zu haben. Natürlich ist das keine Rücksichtslosigkeit von ihm, er kann sich ja nicht in meine Lage versetzen, und ihm tut auch nach stundenlangem Sitzen das Kreuz nicht weh, während ich mich dann einfach nicht mehr bewegen kann.

Aber es ist doch sehr rührend, daß er auf diese Weise versucht, mich in seine Welt mitzunehmen. Ich muß und werde mich an das gewöhnen, was er Entspannung und Vergnügen nennt. Und es ist ja auch schön, einen ganzen Tag lang neben ihm zu sitzen, sein Profil zu sehen und die Bewegungen seiner ruhigen festen Hände zu beobachten, die wie zwei kluge, verläßliche Tiere das Lenkrad halten. Manchmal geht dann plötzlich die Liebe mit mir durch, und Gregor merkt mir das sofort an. Sein Gesicht strahlt dann vor Lebensfreude und seine Hand sinkt vom Volant auf mein Knie und bleibt, schwer und gut, hier liegen bis zur nächsten Kurve. Wir reden fast nicht auf diesen Fahrten, und das ist das Beste daran. Was uns verbindet, ist nichts, worüber man reden müßte.

14. Mai.

Ab und zu erzählt Gregor mir etwas aus seiner Praxis, und ich erschrecke dann über die Härte und Unerbittlichkeit, die sich für Minuten entschleiert. Nichts in der Welt könnte ihn davon abhalten, seinen Vorteil zu suchen und zu finden.

Eines Tages wird sich diese Härte auch gegen mich richten, und ich wäre froh, müßte ich diesen Tag nicht erleben. Soviel ich weiß, gehöre ich aber nicht zu den Leuten, die verschont werden, und ich mache mir darüber keine Illusionen. Ich weiß, daß Gregor mich dauernd belügt, zum Teil aus Rücksichtnahme, zum andern Teil, weil er den festen Entschluß gefaßt hat, seine Freiheit zu behalten.

Ich hoffe nur, er wird nicht zu bald merken, daß ich darum weiß, denn das wiederum müßte sein Ehrgefühl verletzen, und das könnte er mir nie verzeihen. Es ist schwierig, dieses Wissen zu verbergen, besonders da ich manchmal in die Einbildung verfalle, Gregor wisse schon längst, wie es um mich bestellt ist, ziehe es aber vor, darüber zu schweigen. An diesem Gefühl ist nur meine Unsicherheit ihm gegenüber schuld. Ganz gewiß ist aber, daß er weiß, wie sehr ich ihm verfallen bin. Und so sehr ihm diese Tatsache heute noch schmeicheln mag (wie es dem Jäger schmeichelt, ein besonders fremdartiges Tier erlegt zu haben), wird er doch keine Minute zögern, sich darüber hinwegzusetzen, sobald es anfangen wird, ihn zu langweilen. Ich finde, man verlangt von mir einen so ungebührlich hohen Preis, weil man weiß, ich bin bereit, jeden Preis zu zahlen.

1. Juni.

Alexander ist wieder hier. Natürlich hab ich ihm von meiner Heirat geschrieben, und er hat mir einen zwar überraschten, aber gefaßten Glückwunschbrief geschickt.

Gestern also traf ich ihn vor dem Institut, und er bat mich in unser altes Café. Er bemühte sich geflissentlich, meinen Zustand zu übersehen, den man doch nicht mehr übersehen kann, und erzählte von Paris, seinen Plänen und wie froh man im Institut sei, ihn wieder dazuhaben. Plötzlich hatte ich den Eindruck, er habe tatsächlich unter unserer Trennung gelitten. Er tat mir leid, weil ich inzwischen selbst gelernt habe zu leiden. Wie gedankenlos und grausam ein Mensch ist, der nicht liebt. Als ich Alexander zum erstenmal zu mir einlud, habe ich auch die erste Grausamkeit an ihm begangen, denn ich tat es nur, um an jenem Abend nicht allein zu sein. Nie wäre ich damals auf den Gedanken gekommen, Alexander suche mehr bei mir als ich bei ihm. Ein Mensch, der nicht fähig ist zu lieben, glaubt nämlich auch nicht, daß andere ihn lieben könnten, und hegt in diesem Punkt das schwärzeste Mißtrauen, selbst wenn er mit Liebesbeweisen überschüttet wird. Ich glaube, das ist die wahre Tragödie der Lieblosen.

Ein wenig später kam noch Theo, den ich auch einmal gut gekannt hatte, und setzte sich zu uns. Es schien mir ganz unwahrscheinlich, daß diese beiden Männer einmal meine Liebhaber waren. Ich entdeckte an ihnen keinen Zug, der mir diese Tatsache hätte erklären können. Da saßen zwei fremde, ziemlich kultivierte junge Leute, die mich nichts angingen. Ihre Stimmen weckten keine Erinnerungen in mir, und der Gedanke, einer von ihnen könnte mich auch nur anrühren, war zumindest unbehaglich.

Es überfiel mich mit körperlicher Gewalt, wie sehr ich Gregor gehöre. Was bedeuteten dagegen gemeinsame Interessen, seelische Übereinstimmung, Mitleid, Zärtlichkeit und wie sie alle heißen, diese hübschen Gefühlchen, die meinem Leben einmal ein bißchen Glanz schenkten.

Gregor ist das Brot, das mich am Leben erhält. Nur ihm gelingt es, die Welt für mich zum Leben und Glühen zu bringen. Alle meine Freunde, die sich einbilden, ich sei zu zart für ihn, irren sich. Er gibt mir das einzige, was ich wirklich brauche, und ich habe ihm dafür nichts zu geben, denn das, was vielleicht nur ich ihm geben könnte, ist ihm unbegreiflich und wertlos. Ich muß lernen, der ausgeleierten Bahn meines Denkens zu entfliehen, denn dieses Denken lauert darauf, mein Leben anzufallen und zu zerstören.

4. Juni.

Nach dem kühlen Mai plötzlich Schwüle und Wind, Staubwolken aufwirbelnd und die alte Unruhe mit sich tragend. Noch vier Wochen muß ich in die Bibliothek gehen, und diese vier Wochen werden mir sauer genug werden. Aber ich habe durchgehalten. Versprach Gregor, nachher die Arbeit aufzugeben. Das Kind wird mich ja dann beschäftigen, und später einmal wird man weitersehen.

Ich kann mir nur kein Später vorstellen. Noch immer lebe ich in meinem Zimmer wie auf einer Insel in dieser großen, fremden Wohnung.

10. Juni.

Gregors Vitalität hat mich ganz geblendet und verwirrt, sonst hätte ich längst merken müssen, daß auch mit ihm etwas nicht in Ordnung ist. Wie könnte es auch anders sein. Kein Mensch kann sich ja den Kräften und Strömungen entziehen, die ihn formen, und gerade eine vitale Natur muß von Kindheit auf anstoßen in der Zwangsjacke unserer Zivilisation und muß sich, wenn genügend Intelligenz vorhanden ist, zwangsläufig zum Lügner entwickeln. Hinter der Fassade von Gregors gesundem Körper, hinter seiner Kraft und Gesundheit verbirgt sich ein tiefer Riß in seiner Persönlichkeit. Da er keine kontemplative Natur ist und es verabscheut, über sich und andere nachzudenken, wird ihm wohl nur für Sekunden die Erkenntnis dessen, was mit ihm geschehen ist und immer noch geschieht. Gewohnt, aktiv zu reagieren, vertreibt er diese flüchtige Erkenntnis mit einem Glas Wein, heftiger Arbeit oder erotischem Genuß. Solange etwas getan wird, muß ja doch alles in Ordnung sein. Und so ist er ein unermüdlicher Arbeiter und Genießer. Aber wenn ich sein Gesicht anschaue, sehe ich dahinter das Gesicht des gutgearteten, vor Lebenskraft überschäumenden Kindes, das sich langsam in die Maske eines berufsmäßigen Lügners und kalten Spekulanten verwandelt, und ich kann diese beiden Gesichter nicht mehr voneinander trennen.

Wenn es mir möglich wäre, müßte ich Gregor nach dieser Erkenntnis nur noch mehr lieben, aber es gibt keine Steigerung.

16. Juni.

Gestern besuchten wir Bekannte von Gregor, die in der glücklichen Lage waren, sich ein Landhaus zu kaufen. In der Mittagsstille, während Gregor mit unseren Gastgebern Mokka trank, was mir verboten ist, ging ich ein wenig ins Freie.

Alles, da es jahrelang unbewohnt war, etwas verfallen und verwahrlost. Hinter dem Haus im Obstgarten eine wahre Grasflut, riesige Apfelbäume in einer flirrenden Lichtaura. Das Gefühl hochgespannter, lauernder Erwartung. Ich versuchte mir einzureden, daß nur ich diese Stimmung in den Garten hineinfühlte, es war aber fast körperlich greifbar. Gelähmt stand ich vor den abbröckelnden Stufen des Hauses, und mein Herz fing an, wild und angstvoll zu pochen. Gregor, der plötzlich neben mir war, muß es auch gespürt haben, denn einen Augenblick lang warf er den Kopf zurück wie ein scheuendes Pferd, dann trat er vor mich hin, mich gleichsam mit seinem Körper schützend. Alles das dauerte höchstens ein paar Minuten. Später, auf der Heimfahrt, sagte er einmal: »Ein komischer Garten, findest du nicht?« In seinen Augen standen Verwunderung und eine Spur Ungeduld über etwas, das er nicht begreifen konnte. Ich legte meine Hand auf seine, und da war es wieder, das Gefühl der vollkommenen Einheit. Er lächelte ein wenig belustigt, küßte mich auf die Wange und sagte: »Es ist nur die Hitze, Annette, nur die Hitze.« Damit war die Angelegenheit für ihn erledigt und er konnte sich beruhigt wieder seinem Wagen zuwenden. Aber es war schon wunderbar genug, daß er ebenso wie ich die Atmosphäre jenes Gartens gespürt hatte. Je länger man sich mit einem Menschen befaßt, desto rätselhafter wird er; wie klar und eindeutig war dagegen der Eindruck, den ich damals von Gregor in seinem Büro empfing.

Die ganze Rückfahrt hindurch dachte ich an den Garten, und ein ähnliches Erlebnis aus einem vergangenen Urlaub fiel mir ein. Damals war es eine Kopfweide am Rand eines winzigen Tümpels, an dem ich täglich vorüberkam. Diese Weide war ganz deutlich bemüht, etwas auszudrücken. Sie stand dort als ein Zeichen, das darauf wartete, enträtselt zu werden. Die Anstrengung, etwas so gar nicht Pflanzenmäßiges tun zu müssen, war aus dem schiefgezogenen Stamm und der geballten kleinen Krone deutlich zu lesen. Es schien mir, sie sei auf dem Weg, sich in eine ganz andere Gestalt zu verwandeln, um ihren Auftrag erfüllen zu können. Wenn es wahnsinnige Menschen und, wie behauptet wird, auch wahnsinnige Tiere gibt, warum sollte es nicht auch wahnsinnige Pflanzen geben? Jedes wahnsinnige Geschöpf macht ja den Eindruck, als müsse es die gegebene Form sprengen und sich in etwas ganz Fremdartiges verwandeln, das jenseits aller Erfahrungen liegt und uns zurückschaudern läßt. In der Nähe der Weide und in jenem sonnegetränkten Garten gab es eine Art von Wahnsinn, gerade deutlich genug, um von dafür anfälligen Menschen gespürt zu werden. Ich möchte nicht in diesem hübschen Landhaus wohnen.

20. Juni.

Besuchte gestern einen dreidimensionalen Film. Ein Rückfall in die Steinzeit, das heißt, man sollte die Steinzeitmenschen nicht beleidigen, zweifellos besaßen sie mehr Geschmack und Gefühl für Anstand als die Produzenten derartiger Filme. Neben mir ein paar halbwüchsige Burschen und Mädchen. Man brauchte sie nur anzuschauen, um zu begreifen, daß das, was hier geschah, nicht besser war als Mord oder Vergewaltigung. Ich bedauerte sehr, daß ich im Begriff bin, ein neues Kind in diese Welt zu setzen. Ich werde nicht imstande sein, es zu schützen. Ein Kind ist kein Gegenstand, den man unter eine Glasglocke stellen kann. Aus den aufgerissenen, vor Schreck und Erregung erstarrten Augen der jungen Leute sahen mich die Augen meines ungeborenen Kindes an und die Augen aller ungeborenen Kinder. Ich fing an, mich wie ein Verbrecher zu fühlen, denn es ist kein wirklicher Unterschied, ob man ein Verbrechen begeht oder es zuläßt.

Später war ich bei ein paar Leuten, die mich zu einer literarischen Lesung eingeladen hatten. Gedichte eines jungen Engländers wurden vorgetragen, manche davon sehr gut. Ich saß wie auf einer Insel, von der man weiß, daß sie sehr bald vom Meer überspült sein wird. Die Elite der Zukunft wird keine Gedichte mehr schreiben, sie wird intelligent, technisch hochbegabt und von einem pervertierten Triebleben sein, und kein Band wird Intellekt und Trieb verbinden. Schon jetzt laufen ja genug Exemplare dieser neuen Gattung umher. Dazu hörte ich die sanfte Stimme der jungen Schauspielerin Gedichte lesen, die sehr bald kaum noch ein Mensch verstehen wird. Blind, blind, gerade diejenigen, die auf dem Aussterbeetat stehen, trinken nach wie vor ihren Tee, lesen Gedichte und bilden sich ein, auf dieser Welt zu leben, während ihr Reich schon auf der Türschwelle aufhört zu bestehen.

25. Juni.

Der Arzt behauptet, mein Herz sei nicht gesund. Das ist mir ja nichts Neues. Ich werde mich aber hüten, Gregor davon zu berichten, da ich sowieso durch meinen Zustand ihm gegenüber ~~sehr~~ im Nachteil bin. Wozu auch, man kann nichts ungeschehen machen, und ich will es auch ~~gar~~ nicht. Ich möchte nicht, daß Gregor ein Schuldbewußtsein entwickelt, das bei einem Menschen seiner Art nur zu Abneigung führen kann. Es kostet mich schon so genug Anstrengung, meine Rolle zu~~friedenstellen~~d weiter zu spielen.

27. Juni.

Jedesmal, wenn ich Gregor an seinem Schreibtisch sitzen sehe, überkommt mich das Gefühl, ihn schon ewig zu kennen. Jeder Mensch, den man kennenlernt, ist doch zunächst ein Fremder. Erst nach einiger Zeit gewöhnt man sich an ihn und vergißt, daß er einmal ein Fremder war, aber man kann sich daran erinnern. Gregor war mir nie ein Fremder. Schon damals, an jenem ersten Tag in seinem Büro, war er viel eher ein Mensch, den man sehr lange nicht gesehen hat, den man aber sofort wiedererkennt. Auch mein Gefühl für ihn ist nicht langsam gewachsen, es war immer schon da, ein armes, herrenloses Gefühl, das endlich sein Objekt gefunden hatte. Und deshalb bin ich auch überzeugt davon, daß es erst aufhören kann, wenn ich selbst aufhören werde zu leben.

Da ich nicht annehmen kann, es sei Gregor mit mir

ebenso ergangen – die Wahrscheinlichkeit ist zu gering –, muß ich mich davor hüten, ähnliche Empfindungen bei ihm vorauszusetzen, es wäre ein Unrecht und eine Erpressung.

2. Juli.

Endlich bleibe ich von der Arbeit daheim. Es ist auch schon Zeit. Die Schmerzen im Becken werden immer lästiger. Angeblich sollen sie von einem Nerv kommen, der gedrückt wird. Aber sie stören mich weniger als die seelische Veränderung, die ich feststellen muß. Ich denke langsamer als früher, kann mich schlechter beherrschen und neige zu weinerlichen Stimmungen.

Manchmal habe ich den Eindruck, daß alles, was früher einmal wichtig war, anfängt mir zu entgleiten.

6. Juli.

Gregor bildet sich ein, ich müsse unter gewissen Entbehrungen, die mir meine fortgeschrittene Schwangerschaft auferlegt, unerhört leiden. Er kann sich einfach nicht vorstellen, daß Frauen anders lieben als Männer. Wenn er meine Hand streichelt, ist es genau so für mich, als läge ich in seinen Armen. Ich muß ihn fast bedauern, daß er dieses schwebende und vielfältige Entzücken nicht kennt. Aber weil aus dieser Verschiedenheit immerfort und überall die ärgsten Mißverständnisse erwachsen, mag ich nicht darüber sprechen, um ihn nicht zu verwirren. Die beste Antwort, die ich ihm geben kann, ist, ihn spüren zu lassen, wie glücklich mich seine Nähe macht.

Das erste wirkliche Liebesverhältnis hat mich in den Stand der Unschuld zurückversetzt. Alle meine früheren Beziehungen zu Männern, so blutleer sie im Grund waren, erscheinen mir jetzt geradezu unzüchtig und schamlos. Ich kann sie nicht mehr ungeschehen machen, aber sie waren überflüssig, und ich weiß, daß ich nie wieder etwas Derartiges ertragen könnte. Diese Gewißheit ist tröstlich und beängstigend zugleich, denn sollte ich Gregor verlieren, was werde ich anfangen bis zu meinem Tod? Die Zeit wird daran nichts ändern, sie wirkt in gewissen Fällen wie eine Lösung, in deren Stille und Unbewegtheit der Kristall wächst, bis er das Gefäß sprengt.

12. Juli.

Föhn. Nachts unerträglich heiß. Ich weiß nicht, wie ich liegen soll mit dieser Last in mir. Fast würde ich lieber wieder in meinem Zimmer schlafen, aber Gregor will das nicht. Und ich möchte nicht den ersten Schritt zu etwas tun, das bei seiner Veranlagung zur Entfremdung führen müßte. Das Bett ist ja der einzige Ort, wo er wirklich bei mir ist. Tagsüber sehe ich ihn kaum, und es ist eine Qual, die Tage mit Warten auf den Abend zu verbringen.

Gegen neun Uhr rief Gregor an und erklärte, er müsse den Abend mit einem Klienten von auswärts verbringen. Es könne spät werden und Annette solle brav zu Bett gehen und nicht auf ihn warten.

Es gelang ihr, ihre Stimme zu einem ruhigen und ein wenig schläfrigen Tonfall zu zwingen, und sie legte auf. In den letzten Wochen schienen diese reichen Leute vom Land nichts anderes zu tun zu haben, als ihre Abende mit Gregor zu verbringen. Annette war nicht böse; sie brachte sogar ein wenig Mitleid auf mit ihm, der sich dazu erniedrigen mußte, sie zu belügen. Es wäre soviel einfacher gewesen, ihr zu sagen, daß es ihn, bei aller Liebe, langweile, seine Abende mit einer hochschwangeren Frau zu verbringen, und daß er unbedingt ein wenig bummeln müsse. Warum konnte er das nicht sagen? Aus Rücksicht oder gewitzigt durch unerfreuliche Szenen mit seiner ersten Frau? Gab es überhaupt einen Mann, der es wagte, zu einer Frau ehrlich zu sein? Annette verfluchte die Konvention, die Gregor zwang zu lügen und sie zu einer Närrin machte, die noch dazu bedacht sein mußte, ihr Wissen zu verbergen, um sein Ehrgefühl nicht zu verletzen. Kein Mensch konnte es ja ertragen, auf seinen Schwächen ertappt zu werden.

Annette starrte auf den drohenden kleinen Apparat nieder, der ihr so bereitwillig Gregors Lügen übermittelte. Es war so einfach, sich seiner zu bedienen. Man konnte durch ihn Annettes erschrecktes Gesicht nicht sehen, ja es gab gar keine Annette, wenn man ihm eine derartige Botschaft anvertraute. Es war, als spräche man mit einem anonymen Partner, frei von jeder Verantwortung und völlig unverbindlich. Ein Telephon war etwas Unheimliches, das hatte sie schon immer empfunden, aber nie so deutlich wie heute.

Sie überzeugte sich davon, daß die Wohnungstür versperrt war, drehte das Licht aus und ging in ihr Zimmer. Vielleicht war es gar nicht so schlimm, den Abend allein zu verbringen. Früher hatte sie so viele Abende allein verbracht, warum sollte das jetzt unerträglich sein?

Sie setzte sich an den Schreibtisch, nahm die Spielkarten aus der Lade und begann sie aufzuschlagen. Auf den Herzkönig fiel eine Reise, auf die Herzdame die Gewißheit und auf das große Glück der Tod. Das konnte man auslegen wie man wollte, es gehörte nicht allzuviel Phantasie dazu. Jede Auslegung konnte stimmen, oder auch nicht. Annette liebte die alten Karten wie die Figuren einer Geschichte, die man schon hundertmal gelesen hat und noch immer nicht müde wird zu lesen.

Tante Johanne hatte mit ihnen ihre Patiencen gelegt, sie waren etwas Altes und Vertrautes, das sich niemals änderte. Das süße, törichte Gesicht der Herzdame, der herrische Herzkönig mit seiner Allongeperücke und dem Wachstropfen auf der Brust, der dunkle, geheimnisvolle Pikkönig, von dem sie nicht wußte, was er bedeutete, und den sie nur den »strengen Herrn« nannte, und alle die anderen, vergilbt und abgegriffen, aber vertraut, ach, wie vertraut und geduldig. Man konnte sich mit ihnen unterhalten, ohne fürchten zu müssen, abgewiesen zu werden. Sie wußten mehr von Annette als irgendein Mensch, und sie waren so verschwiegen. Ein Zauberer hatte sie in alten Zeiten auf die Kartenblätter gebannt, und da waren sie nun und versuchten ihre Geschichte zu erzählen, die Geschichte vom großen Glück, der weiten Reise, Schicksal Verwirrung und Tod. Aber so sehr Annette sich auch bemühte, sie konnte die schweigende Sprache nicht verstehen.

Sie streichelte das Grübchenkinn der Herzdame und legte die böse Kreuzdame ans Ende des Spiels, wo sie nur wenig Unheil stiften konnte. Der »strenge Herr« sah sie unverwandt an, mit schwarzen Blicken, die immer etwas Bestimmtes von ihr zu fordern schienen. Ich weiß ja nicht, was Sie wollen, Sire, dachte Annette, er war der einzige im Spiel, den sie nicht duzte. Er fuhr fort, sie einfach anzuschauen. Die Herzdame lächelte ihr selbstvergessenes Kinderlächeln und bewegte ein wenig die feine Hand, die auf dem entblößten Busen lag. Annette sah sie scharf an, und sie erstarrte zur alten Reglosigkeit. Annette hatte es nicht gern, auf diese Weise geneckt zu werden, aber großzügig schob sie den Herzkönig neben die blonde Schönheit – diese eine Frau wenigstens sollte das bekommen, was sie begehrte. Aber der Herzkönig sah ein wenig zur Seite, nach der Karodame, einer Person, die viel Geld und Schmuck besaß. Schade, dachte Annette, man kann ihnen wirklich nicht helfen. Sie schob das Päckchen zusammen und legte es in die Lade zurück. Eine Karte fiel auf den Teppich. Annette bückte sich schwerfällig und hob sie auf. Es war die Piksieben, Kummer und Tränen. Man war heute wirklich nicht allzu freundlich zu ihr, aber von entwaffnender Aufrichtigkeit.

Es war jetzt genau halb zehn. Annette drehte das Radio an und wartete auf die Nachrichten und den Wetterbericht. Die Zeit verging viel zu langsam, und sie wanderte unruhig im Zimmer umher. Endlich ertönte das Pausezeichen. Zehn Minuten später konnte sie sich schon nicht mehr an das Gehörte erinnern. Sie hatte nun die Wahl zwischen Tanzmusik und einem Hörspiel und entschied sich für das letztere. Aber schon nach einer Viertelstunde drehte sie die Sendung ab. Sie mochte Hörspiele im allgemeinen nicht. Das Zuhören ermüdete sie zu sehr, außerdem war es unangenehm, sich die noch dazu gespielten Gefühlsausbrüche anderer Leute anzuhören. Sie zog es sogar vor, Theaterstücke zu lesen. Nur auf diese Weise konnte das Wort seine Botschaft vermitteln, unverfälscht von Pathos oder schlechter Sprechtechnik. Keine schauspielerische Leistung konnte die Schwächen des Aufbaus verdunkeln oder Tiefe vortäuschen, wo keine war. Und war es nicht unerträglich, ein ganzes Stück hindurch eine tizianrote, üppige Person mit grellem Sopran zu sehen und zu hören, wenn man wußte, die Heldin war dunkel und sanft und sprach in gedämpftem Alt? Derartige Fehlbesetzungen, Fehlbesetzungen natürlich nur für sie, verdarben ihr fast jede Aufführung. Allein, mit dem gedruckten Stück vor Augen, brachte sie die vollendetste Aufführung zustande, mit einer Atmosphäre, die von keiner wirklichen Bühne ausstrahlen konnte.

Wenn es nur Leute von meiner Art gäbe, dachte sie, müßten die Theater zusperren. Auch das war eine bedrückende Vision, Männer und Frauen, die jeder allein in ihren Zimmern saßen und lasen, alle von erschreckender

Bedürfnislosigkeit, den Ausschweifungen einer hemmungslosen Phantasie hingegeben. Es war gut, daß es nicht allzuviele von dieser Sorte gab, Annette konnte sie nicht liebenswert finden, sie wußte viel zuviel über sie. Voll Unbehagen trat sie ans Fenster. Die Luft lag warm und feucht über der Stadt, und es regnete immer noch gleichmäßig und in schweren Tropfen. Aus dem nahen Türkenschanzpark wehte der Duft nach frischgemähtem Gras zu ihr herüber, ein Geruch, der alle Menschen, die sich auf Gerüche verstehen, traurig und heimwehkrank macht. Warum hatte sich eigentlich noch niemand gefunden, der diese Zusammenhänge erforscht hätte? Nicht einmal eine Dissertation existierte darüber. Mit einer Spur von triumphierender Bosheit im Herzen dachte Annette, daß es diesen Leuten, die behaupteten, alles zu wissen, nicht gelang, über die einfachsten und allgemeinsten Erscheinungen auch nur das Geringste zu erfahren. Sie stand am Fenster und der Duft des gemähten Grases machte sie traurig und verwandelte sie für Sekunden in das große, wahnsinnige Tier, das plötzlich angefangen hatte, auf zwei Beinen zu gehen und sich mit Kleidern. Orden und Titeln zu behängen. Sie lachte bei dieser Vorstellung, und ein anderes, großes gewaltiges Wesen lachte mit ihr in der dunklen Regennacht. So viele Jahre hatte sie sich gefürchtet vor diesem Wesen und war vor ihm geflohen, bis der letzte Fluchtweg verstellt war und sie sich atemlos in die sanften, tödlichen Arme fallen ließ, die sich langsam, liebevoll und unerbittlich um sie schlossen.

Mattigkeit legte sich über Annette. Sie trat vom Fenster weg, drehte das Licht ab und ging ins Schlafzimmer. Der Regen fiel aufs Vordach und sein eintöniges Lied ließ sie einschlafen.

Sie erwachte von den heftigen Bewegungen des Kindes und richtete sich erschreckt auf. Die grünen Zeiger der

Uhr standen auf zwölf. Mit einem Seufzer ließ sie sich zurückfallen. Sie fühlte sich schwer und matt und konnte keine Lage finden, in der das Kind sie nicht unerträglich drückte. So blieb sie auf dem Rücken liegen und atmete flach, um den Druck nicht noch zu verstärken. Zu ihrem Ärger mußte sie nun nachts manchmal aufstehen, und das zwang sie dazu, fast nichts zu trinken. Es schien, als habe einfach nichts anderes mehr Platz in ihr als dieses Kind, das so empfindlich gegen ihr Zwerchfell stieß und sie in eine unförmige Gestalt verwandelt hatte.

Sie wunderte sich immer wieder darüber, mit welcher Selbstverständlichkeit Gregor diese Veränderung hinnahm. Er schrak keineswegs vor ihr zurück; das einzige, was ihn daran störte, war offenbar die Tatsache, daß sie nicht länger seine Geliebte sein und nicht mehr allzulange Autofahrten unternehmen konnte. Aber auch das ertrug er als einen vorübergehenden Zustand. Manchmal schien es sogar, ihre veränderte Gestalt, die ihr selbst Schrecken einflößte, erfülle ihn mit Stolz und Genugtuung.

Noch vier Wochen, rechnete Annette. Wenn ich nur noch in die Bibliothek gehen könnte. Die Arbeit hatte sie zwar unmäßig angestrengt, aber wie sollte es ohne sie weitergehen?

Sie sah sich das Leben einer guten Hausfrau führen, einkaufen, kochen, das Baby pflegen und ihr Leben lang auf den Augenblick warten, in dem Gregor zur Tür hereinkommen würde. Sie wußte mit dumpfer Verzweiflung, daß sie nicht dazu fähig sein würde. Ihre Leidenschaft für Gregor war kein Gefühl, das man in das sanfte, gleichgültige Bett einer normalen Ehe lenken konnte. Es mußte mißlingen. Sie erinnerte sich der Fondants, die sie als Kind sich so oft gewünscht hatte. Eines Tages schenkte ihr dann wirklich jemand eine Schachtel Bonbons, feine, teure Schokoladebonbons, keine Fondants. Annette vergrub die Schachtel unter ihrem Spielzeug und rührte sie niemals an. Es hatte sich nichts geändert, noch immer war sie unfähig, sich zu bescheiden und sich mit Ersatz abzufinden, selbst wenn es der beste und teuerste Ersatz war.

Aber es ging ja gar nicht mehr um sie. Es ging um den neuen Menschen in ihr, der das Recht besaß, eine normale, gute Mutter zu besitzen. Ich werde es eben aushalten müssen, beschloß sie, auch wenn ich es mir nicht vorstellen kann. Eine Frau, die ein Kind hatte, hörte auf, ein freier Mensch zu sein. Man war eine gute Mutter und nichts sonst, oder man versagte als Mutter und behielt seine Persönlichkeit. Alle Bücher, die sich mit derartigen Fragen auseinandersetzten, kamen über diese Tatsache nicht hinweg und mußten sich damit begnügen, Kompromißlösungen zu suchen, die kein Mensch verwirklichen konnte, weil es in Wahrheit in dieser Sache keinen Kompromiß gab. Niemand konnte eine Sache gleichzeitig behalten und aufgeben, und hatte man sich dazu entschlossen, sie aufzugeben, so mußte man es rückhaltslos tun. Es gab keinen Weg, der zur jungen Frau in der kleinen Wohnung zurückführte, die gewohnt war, zu tun und zu lassen, was ihr beliebte. Es gab nur noch die Annette mit dem gewölbten Leib, die auf den Regen lauschte und auf die Schritte ihres Mannes wartete.

Ich darf um Gottes willen nicht anfangen bitter zu werden, dachte sie. Was macht es schon aus, daß Gregor mich belügt, wie alle Männer ihre Frauen belügen. Es bedeutet gar nichts und ist einfach eine Gewohnheit wie Nägelkauen oder Zeitunglesen. Und überhaupt sollte ich jetzt schlafen. Ob ich wachliege oder schlafe, er wird kommen, wann es ihm gefällt.

Aber sie war jetzt völlig wach und klar. Die Feuchtigkeit der Luft lag pelzig auf ihrem Gesicht und ließ sie immer noch wacher werden.

Und dann merkte Annette, daß sie weinte. Die Tränen überschwemmten ihr Gesicht, liefen in Mund und Ohren und zwangen sie dazu, ein Taschentuch zu suchen. Entsetzt versuchte sie sich zu beruhigen, Gregor durfte es auf keinen Fall merken. Sie begriff gar nicht, was diese Wasserflut, die aus ihren Augen brach, entfesselt hatte. Sie hätte schreien und stöhnen mögen, aber sie biß nur in den Polster. Endlich ging der Anfall vorüber. Annette ging leer und verwirrt ins Badezimmer und behandelte ihr Gesicht mit kaltem Wasser. Ihre Lider waren verschwollen, der Mund aufgeworfen und unnatürlich rot. Man konnte nur hoffen, daß Gregor in der nächsten Stunde nicht kommen werde. Etwas Derartiges durfte einfach nicht wieder vorkommen. Angst quoll in ihr auf, nicht mehr Herr ihrer selbst zu sein. Zitternd vor Schwäche befeuchtete sie immer wieder Mund und Augen. In solchen Augenblicken pflegte Gregor sie in die Arme zu nehmen und zu streicheln, bis sie sich beruhigt hatte, aber nicht der wirkliche Gregor, sondern ein Mann, den es nur in ihren sentimentalen Träumen gab. Der wirkliche Gregor verabscheute weinende Frauen, und ihr Anblick hätte ihn zutiefst verstimmt. Wozu gehörte man eigentlich dem schwachen Geschlecht an, wenn man seine Schwäche nie zeigen durfte? Tat man es, so konnte man ebensogut hingehen und ins Wasser springen, so gewiß hatte man das Spiel verloren. Das Märchen vom schwachen Geschlecht konnte nur eine Frau erfunden haben, die, müde der langen Selbsttortur, es wagen wollte, ein einziges Mal schwach und hilflos zu sein. Aber keine Sage berichtete davon, was daraufhin mit ihr geschehen war. Erbittert preßte Annette den nassen Wattebausch gegen die Augen. Wenn sie sich schlafend stellte und das Gesicht in den Polster drückte, konnte Gregor nichts bemerken. Sie ging zurück ins Schlafzimmer und zündete sich eine Zigarette an. Ihre Augen schmerzten und der Polster war feucht. Sie wünschte, es würde aufhören zu regnen, das Auffallen der Tropfen klang wie das Ticken einer großen, vielstimmigen Uhr. Regennächte waren gut für ruhige und zufriedene Leute, nicht für eine Frau, die auf einen Mann wartete. Im Nachthemd auf dem Bett sitzend, fing sie an zu frieren. Sie drückte die Zigarette aus und kroch schwerfällig unter die Decke. Das Liegen tat jetzt gut, wie nach einer heftigen Anstrengung.

Gleich darauf befand sie sich in einem altmodisch eingerichteten Zimmer, in dem Onkel Eugen in einem Schaukelstuhl saß und ihr erzählte, Tante Johanne habe ihn gestern besucht. Annette war erfreut und bestürzt; wie hatte sie nur glauben können, Tante Johanne sei längst tot, während sie doch in irgend einem Altersheim wohnte, ganz allein und fast vergessen. »Hat sie sich sehr verändert?« fragte sie atemlos. Onkel Eugen hob die schläfrigen Lider und sah sie an. »Nein«, sagte er, »sie ist die alte geblieben, nur wird sie jetzt langsam kindisch« – er tippte auf seinen Kopf –, »hier stimmt es bei ihr nicht mehr.« Tante Johanne und kindisch! Hilfesuchend wandte sich Annette an ein paar Leute, die kartenspielend um einen Tisch saßen. Aber die lächelten nur böse und wissend und einer sagte: »So geht es eben mit den Alten.« »Aber nicht mit ihr«, rief Annette, »wenn sie kindisch ist, ist sie nicht Tante Johanne.« »Sie ist Tante Johanne und doch kindisch«, beharrte der andere, und mit einem widerwärtig vertraulichen Zwinkern, »und wenn Sie ihn« – er wies auf Onkel Eugen – »anschauen, so werden Sie bemerken …« Er verstummte, weil seine Nachbarin ihn mit unterdrücktem Lachen anstieß. Annette sah auf Onkel Eugen, und wildes Entsetzen befiel sie. Was dort saß, war nicht mehr Onkel Eugen, sondern ein schwabbeliger alter Mann, der die Unterlippe hängen ließ und mit leeren, wasserblauen

Augen vor sich hinstarrte. Wenn das möglich war, mußte sie von hier weggehen und durfte nie wieder zurückkommen. Aber sie wußte nicht, wohin sie gehen sollte. Es roch plötzlich erstickend und säuerlich im Zimmer. Überwältigt von Kummer ging Annette zur Tür. Niemand kümmerte sich um sie. Jeden Tag würde es hier so sein. Das Etwas, das einmal Onkel Eugen gewesen war, döste in seinem Stuhl, und manchmal kam Tante Johanne aus dem Altersheim und stürzte sich kichernd und gierig auf ein Stück Kuchen, das man ihr auf einem schmutzigen Teller vorsetzte. »Ich will hier heraus«, schrie Annette und erwachte schreiend.

Das Licht brannte auf dem Nachttisch, und sie sah, daß sie genau fünfzehn Minuten geschlafen hatte. Sie atmete auf bei dem Gedanken, daß Tante Johanne wirklich tot und in Sicherheit war. Bei vollem Bewußtsein war sie gestorben, wie es immer ihr Wunsch gewesen war. Damals war kaum noch etwas von ihr übrig, ein wenig Haut, Knochen und Haar, aber aus den grauen Augen sah noch immer Tante Johanne, klug, ungebrochen und voll heimlicher Ironie. Die Wucherungen in ihrem Leib hatten sie nicht wirklich zerstört und nur das bißchen Fleisch aufgefressen, das schon immer das Nebensächlichste an ihr gewesen war. Und doch hatte sie ohne dieses bißchen Fleisch nicht länger leben können. Dieser Umstand war es wohl, der sie am Ende sogar ein wenig belustigt hatte. »Es ist nicht wirklich wichtig, Annette«, sagte sie, »nur lästig und langweilig, und man muß es hinter sich bringen.« Annette starrte sie erschreckt an, und Tante Johanne seufzte ein wenig ungeduldig und drehte sich zur Wand, ganz und gar mit der schweren Arbeit des Sterbens beschäftigt.

Annette spürte plötzlich brennendes Verlangen nach einer Zigarette. Sie erinnerte sich, vor dem Einschlafen die letzte geraucht zu haben. Sie mußte also noch einmal aufstehen, um in ihr Zimmer zu gehen, vielleicht steckte noch eine in der Handtasche, manchmal fielen sie aus der Schachtel. Es war natürlich nichts zu finden. Dann erinnerte sie sich, daß vor drei Tagen eine unter die Couch gerollt war und sie zu müde gewesen war, sich zu bücken. Faulheit hatte manchmal die erfreulichsten Folgen. Es war mühsam, sich flach auf den Teppich zu legen und nachzusehen. Diese Perle von einer Bedienerin hatte sie längst hervorgeholt. Annette war wütend. Konnte man denn nicht einmal das kleinste bißchen Schlamperei haben in diesem Haus? Wo sie doch nichts wollte, als jene einzige kleine Zigarette unter der Couch wiederfinden. Wer gab der Person das Recht, sie einfach wegzuräumen? Annette könnte sie ja absichtlich dort versteckt haben, um in Zeiten der Not einen kleinen Trost zu finden. Finsterer Haß auf die tüchtige Frau Malina befiel sie. Sie sagte sich zwar sofort, daß sie im Unrecht war und die arme Frau nur ihre Pflicht getan hatte, aber unter der gerechten, gescheiten Annette, die das wußte, tobte eine ganz andere Annette, eine, die ihre einzige Zigarette wiederhaben mußte, koste es was es wolle. Wütend und verstockt blieb sie ein paar Minuten auf dem Teppich liegen und rührte sich nicht. Es war unbequem und tat sogar weh, aber es sollte ruhig weh tun, dieses Weibsbild von einer Malina hatte es ja so gewollt.

Endlich überwältigte sie die Komik der Situation und sie lachte laut heraus. Gregor hatte die Gewohnheit, Zigaretten in die obere Rocktasche zu stecken – wenn sie Glück hatte … Sie rappelte sich mühsam auf und lief ins Schlafzimmer. Auch im Kleiderschrank hatte die tüchtige Malina gewütet. Es war einfach unglaublich. Du bist süchtig und unbeherrscht, Annette, registrierte sie, aber der Vorwurf ließ sie ganz kalt. Sie wühlte in Gregors Anzügen, und dann – o freudiger Schreck – entdeckte sie in der Tasche einer alten Wollweste wirklich eine Zigarette. Es war eine Veteranin, gelb und zerdrückt, aber immer noch eine Zigarette. Annette seufzte befreit auf. Sie schloß den Kasten und nahm die Streichhölzer vom Nachttisch.

Sie setzte sich aufs Fensterbrett und süßer Friede zog in ihre Brust ein. Diese Geschichte mußte sie unbedingt Gregor erzählen. Es war eine Geschichte von der Art, die er liebte. Immer wieder machte es ihm Spaß, kleine Fehler an Annette zu entdecken, die ihm vertraut waren und die er verstehen konnte. Er sollte ja kein steinernes Bild in ihr sehen, sondern einen ganz gewöhnlichen Menschen, mit dem man leben und lachen konnte. Sie fühlte sich jetzt wohl und zufrieden, voll Liebe und Dankbarkeit für alle Welt, und sie beschloß, Frau Malina die silberne Brosche zu schenken, auf die sie längst ein Auge geworfen hatte. Jetzt, da ihr Verlangen gestillt war, konnte sie sich auch ehrlich schämen über ihre Ungerechtigkeit und Gier.

Der Regen rieselte jetzt nur noch leise auf das Vordach. Annette streckte die Hand zum Fenster hinaus und spürte sein sanftes Prickeln auf der Haut. Sie hatte die größte Lust, hinauszugehen in den Regen, einfach ein wenig in der Allee zu spazieren. Sie zog sich ein Unterkleid an, Schuhe und einen Regenmantel und ging aus dem Haus. Auf das Bett hatte sie einen Zettel gelegt: »Bin ein wenig an die Luft gegangen, mach dir keine Sorgen.« Aber es war nicht zu erwarten, daß Gregor vor ihr nach Hause kommen werde.

Es war jetzt ein Uhr. Die Allee lag völlig verlassen, spärlich erhellt von ein paar Laternen. Annette ging langsam die Straße hinauf. In wenigen Minuten war ihr Haar durchnäßt und lag glatt um den Kopf. Sie badete das Gesicht in der lauen, feuchten Luft, und ihre Augen taten nicht länger weh.

In einer der Nachbarvillen brannte noch Licht und lachende Stimmen drangen ins Freie. Man feierte offenbar ein ~~kleines~~ Fest. Ein Mann und eine Frau hatten sich von der Gesellschaft entfernt und standen auf dem Balkon. Schweigend sahen sie in die Dunkelheit hinaus. Zwischen ihnen lag ein Meter Nacht und Luft. Annette konnte das weiße Kleid der Frau und die hellen Flecken der Gesichter wahrnehmen. Während sich die Schatten der Tanzenden an den Vorhängen abzeichneten, standen diese beiden bewegungslos und stumm. Vielleicht waren sie nicht stumm, sondern flüsterten miteinander, vielleicht wagten sie nicht einmal zu flüstern und waren einfach glücklich und gequält, mitsammen auf dem Balkon stehen zu dürfen, in der Hoffnung, man werde sie drinnen nicht so bald vermissen. Dann hob der Mann die Hand der Frau an den Mund und küßte ihre Innenfläche. Mitleid berührte Annette ~~als kalter Finger an der Schläfe~~. Eine betrunkene Männerstimme rief einen Namen, und die Frau auf dem Balkon drückte beide Hände gegen die Stirn, wandte sich ~~müde~~ um und ging zurück ins Zimmer. Der Mann blieb stehen, die Finger um das ~~feuchte~~ Eisengeländer geschlossen, und bewegte sich nicht. Sein Gesicht war für Annette eine helle Maske mit dunklem Mund und Augenlöchern.

Sie ging weiter und der Regen tropfte von ihrem Haar ~~in~~ auf den Hals und sickerte zwischen die Brüste. Es war gut, so zu gehen, ein wenig schläfrig und benommen, und sich der Nacht und dem Regen hinzugeben. Man sollte viel öfter um diese Zeit spazierengehen, dachte sie, auch wenn es nicht üblich und vielleicht sogar gefährlich ist. Sie fürchtete sich nicht. Ein Vagabund, der hinter einem Baum lauerte, war nicht zu fürchten, die wirkliche Gefahr mußte ganz anders aussehen und lauerte sicher nicht hinter einem Baum. Sie lauerte vielleicht in Annette selbst und war längst so alltäglich geworden, daß man sie nicht mehr beachtete. Die Gehsteige waren hier nicht gepflastert und man mußte nicht bei jedem Schritt eine Erschütterung erleiden, die bis ins Hirn ausstrahlte. Es war merkwürdig, wie leicht und mühelos sie auf einem solchen Weg gehen konnte, während eine halbe Stunde auf Steinpflaster sie bis zur Erschöpfung ermüdete. Annette dachte daran, wie doch alles so eingerichtet war, daß die Menschen möglichst bald krank und mürbe werden mußten. Ihr alter Lieblingstraum erstand von neuem, das Landhaus mit dem großen Garten rundherum, in dem jeder sein eigenes Zimmer besaß und man einander nicht auf die Nerven fallen mußte. Ein Haus, in dem Kinder glücklich und jung sein durften und in dem man es sich leisten konnte, ein angenehmer, friedfertiger Mensch zu sein, der Gäste einladen konnte und ihnen nicht zumuten mußte, stundenlang mit ihm in einem Zimmer zu hocken, bis sie vor Erschöpfung grün und bleich wurden. Es war dies eine der wenigen Arten von menschenwürdigem Leben, und sie war längst im Aussterben begriffen, und die wenigen, die sich seiner noch erfreuen durften, wußten offenbar nichts mehr damit anzufangen, weil sie eben nicht die richtigen Leute waren. Was die Armut so grausam machte, waren weniger die Entbehrungen, die sie den Menschen auferlegte, als die Tatsache, daß sie das Leben kleinlich und verkrüppelt machte. Sie verbrauchte die besten Kräfte für ein wenig Kartoffeln und Fleisch und verlangte ein übermenschliches Maß von Geduld und Weisheit, wollte man sich nicht ganz von ihr verschlingen lassen. Der Mensch war der Herr der Erde und hatte es im günstigsten Fall zu einem winzigen Gefängnis mit Kühlschrank, Elektroherd und Waschmaschine gebracht. Und die Psychose, die jeden Gefangenen eines Tages befallen mußte, ließ sich natürlich nicht auf dem Diwan des Nervenarztes wegdebattieren.

Der Unterschied zwischen einem Generaldirektor und seinem Hilfsarbeiter war, so gesehen, ein minimaler und bestand nur in der komfortableren Ausstattung der Zelle und in dem Wahn, mehr Macht zu besitzen. Man besaß die Macht, ein Heer von Angestellten zu befehlen, einen Fußgänger mit dem Auto zu überholen, als Arzt über das Leben eines Patienten zu entscheiden und als Richter einen anderen Menschen abzuurteilen, aber was bedeutete das schon, wenn man nicht mehr die Macht besaß, seine Tür zu verriegeln und sich einen Monat lang nicht blicken zu lassen oder, statt in die Vorstandssitzung, angeln zu gehen? Alles Leben war zu Surrogat geworden, und doch konnte man das Unbehagen und die Trauer nicht ganz unterdrücken, die in den Herzen der Menschen saßen, jene vage Erinnerung an etwas längst Verlorenes, das nur noch im Traum Gestalt annehmen durfte. Erst wenn diese Erinnerung selbst im Traum erloschen war, bedeuteten ein Auto, ein Bankkonto und ein Eisschrank wirklich Glück, die einzige Art von Glück, die man kannte und an die man sich erinnern konnte. Früher hatte Annette sich damit abgefunden, in dem Bewußtsein, sie werde diese Zeit nicht erleben und dann längst in Sicherheit sein. Das Kind in ihrem Leib zerstörte diese Ruhe. Ein Mensch, der Kinder hatte, konnte sich einfach nicht damit abfinden und zufriedengeben, für ihn gab es nie mehr Sicherheit und Ruhe, denn ein Teil von ihm lebte und litt noch durch Generationen.

Annette war am Ende der Allee angelangt und beschloß umzukehren. Das Gesicht in den Regen gehoben, ging sie langsam zurück. Der Mann stand noch immer auf dem Balkon, und immer noch tanzten die Schatten auf den Vorhängen. Man hatte das Radio leiser gestellt, und ein wenig Müdigkeit schien über den Bewegungen der Tänzer zu liegen.

Annette trat in den Vorgarten und sah Licht hinter dem Schlafzimmerfenster. Ihr Herz machte ein paar rasche Schläge, und dann erinnerte sie sich, selbst das Licht brennengelassen zu haben. Sie ging ins Bad und bürstete ihr nasses Haar und zog sich um. Es war viel zu still in der Wohnung, viel zu still. Im Spiegel sah sie, wie mager ihre Arme geworden waren, fast wie Kinderarme. Sie strich mit der Hand über die feuchte Schulter und schämte sich ihrer ratlosen, verzweifelten Zärtlichkeit.

Wieder unter der Decke liegend, knipste sie das Licht aus und befahl sich einzuschlafen. Aber nur ihr Körper war müde geworden. Es war jetzt auch viel zu spät, um ein Schlafpulver einzunehmen, wenn sie nicht bis in den Vormittag hinein betäubt sein wollte. Immer noch war es besser, müde und zerschlagen zu sein, als benommen von einer Droge. Sie konnte nichts tun als liegen und warten. Es schien ihr, als sei dieses Warten ihr eigentliches Leben geworden, die Wirklichkeit, der sie nicht entrinnen konnte und die sie langsam auffraß. War schon jemand an zu langem Warten gestorben? Sie konnte sich nicht erinnern, etwas Derartiges gehört zu haben, es mußte wohl ein so unmerkliches und langsames Sterben sein, daß kein anderer Mensch es bemerkte, denn auf den Totenscheinen stand nichts davon zu lesen. Nach wie vor starb man an Atemlähmung und dergleichen, und letzten Endes starb man wohl wirklich daran. Es fiel ihr ein, wie sehr Gregor Gespräche über Tod und Krankheit verabscheute; er konnte es einfach nicht ertragen, und Annette vermied, alles, was damit zusammenhing, zu erwähnen. Es gab ja nur die beiden Möglichkeiten, bis zum letzten Atemzug den Tod zu ignorieren, oder sich mit ihm häuslich einzurichten, ihn zu einem Gefährten zu machen, mit dem sich im Grund gar nicht so schlecht leben ließ.

Annette hatte die letztere Art gewählt, aber sie verstand Gregor und respektierte seine Furcht vor dem Unbekannten.

Es war plötzlich kühl geworden, der Morgen brach an. Man konnte sein Licht noch nicht sehen, aber sein frischer Hauch wehte über ihr Gesicht. Wenn man nicht daran dachte, daß man die Pflicht hatte zu schlafen, war das Wachliegen gar nicht so schlimm. Ich muß endlich die Babywäsche kaufen, dachte sie. Blau oder rosa, es war nicht vorauszusehen, was ihr Kind brauchen würde, und sie entschloß sich für das neutrale Weiß, das ihr schon immer am besten gefallen hatte. Gregor wollte für die erste Zeit eine Kinderschwester aufnehmen und Annette war einverstanden damit; man konnte ja wirklich nicht wissen, wie es ihr nachher gehen mochte. Ihre Mutter war fast gestorben bei ihrer Geburt und hatte noch zwei Jahre gekränkelt, ehe jene sagenhafte Lungenentzündung sie umgebracht hatte, weil sie Annettes Vater unbedingt zu einem Jagdausflug hatte begleiten müssen.

Annette erinnerte sich natürlich nicht an sie und kannte ihr Gesicht nur aus Tante Johannes Photoalbum. Auf ihre Frage hatte Tante Johanne gesagt: »Deine Mutter, mein Kind, war sehr jung und töricht, sonst wäre sie nie von mir weggegangen.« »Aber«, hatte Annette geantwortet, »dann wäre ich ja jetzt nicht bei dir.« Daraufhin hatte Tante Johanne sie scharf angeschaut und festgestellt, daß »dieses Kind« wenigstens denken könne und daß sie schon dafür sorgen werde, daß es dabei bliebe. Das war alles, was Annette über ihre Mutter erfahren hatte. Ein einziges Mal hatte Onkel Eugen erwähnt, sie sei schön gewesen, und das hatte ihm einen bösen Blick seiner Schwester eingetragen.

Es wäre die reine Sentimentalität, jetzt traurig zu sein, dachte Annette, sie ist tot und ich hab sie nie gekannt, und ich wünsche nur, sie wäre nicht so jung und töricht gewesen, oder wenigstens nicht gleich daran gestorben. Aber vielleicht war es für sie doch der beste Ausweg, und man mußte es ihr gönnen.

Der Mann, der Annettes Vater gewesen war, hatte gewiß kränkliche Leute nicht gemocht, besonders dann nicht, wenn er die indirekte Ursache zu dieser Kränklichkeit gewesen war. Annette wunderte sich darüber, wie genau sie das wußte und wie genau sie jetzt vieles über ihn wußte, das ihr kein Mensch gesagt hatte. Seit er tot war, fing er erst an, für sie lebendig zu werden. Sie mochte es nicht, eine unklare Furcht verbot ihr, diesen Gedanken weiterzuspinnen. Es war, als stünde sie vor einer Wand, die einmal stark und schalldicht gewesen war und die nun anfing abzubröckeln. Gedämpfte Stimmen sickerten durch, und manchmal, wenn wieder ein Stein ausgebrochen war, erhaschte Annette für Augenblicke ein Bild aus jener verbotenen Welt, die einmal ihre Welt gewesen war. Man mußte sich möglichst weit von der gefährlichen Wand wegbegeben, ehe sie zum Einsturz kam. Augen und Ohren mußte man verschließen gegen diese Stimmen und Bilder, oder aber man mußte selbst mit einem jähen Anlauf die Wand durchbrechen.

Nicht jetzt, dachte Annette, noch nicht, ich könnte es nicht ertragen. Vielleicht war es einfach Feigheit, vielleicht aber auch eine Ahnung um die eigenen Grenzen, die nur ein Narr überschritt.

Sie sah auf die Uhr, es war gleich zwei, und es schien ihr, als werde sie überhaupt nie mehr schlafen können. Was war das überhaupt: Schlaf? Sie begann sich jetzt ernstlich über ihr Wachliegen zu ärgern und wurde wacher als je zuvor. Und es regnete noch immer. Das Gras im Vorgarten wuchs lautlos und emsig, und Annette fürchtete, es werde bald ihr Fenster erreichen. Es war ganz und gar unerträglich, hier auf dem Rücken zu liegen und zu warten, bis die ersten Halme in dem grauen Viereck auftauchen mußten.

Sie stand auf und ging im Dunkeln in ihr Zimmer, das nun jede Nacht verlassen und leer stand, ganz ohne Annette. Am Schreibtisch sitzend, begann sie an einem Brief zu schreiben, den sie schon wochenlang hatte schreiben wollen und der auch gar nicht sehr wichtig war. Seine Empfängerin konnte sehr gut leben ohne Annettes Brief, es war nur eine Pflicht der Höflichkeit, sich für die Zusendung des kleinen Gedichtbandes zu bedanken, ebenso wie seine Autorin es für eine Pflicht der Höflichkeit gehalten hatte, ihn an Annette zu senden, als Dank für eine Gefälligkeit, die Annette längst vergessen hatte. Alle diese Bekanntschaften waren ja so zufälliger Natur. Weil man einmal im selben Abteil gereist war, grüßte man einander noch jahrelang und man wechselte Kartengrüße mit Leuten, deren Gesichter man sich gar nicht mehr vorstellen konnte.

Annette hatte von dem Gedichtband nur die erste und die letzte Seite gelesen. Sie wußte, daß sie ihn aus Pflichtbewußtsein einmal ganz lesen mußte, aber so lange konnte man natürlich nicht mit dem Dank warten. Sie dachte eine Weile nach und beschloß endlich, sich aus der Affäre zu ziehen, indem sie keinerlei Kritik übte und sich in einfachen herzlichen Worten für die große Freude bedankte. Die gute Dame würde nun sicher enttäuscht sein und sich geprellt fühlen, aber Annette ließ sich ungern erpressen. Als äußerstes Zugeständnis schrieb sie noch, sie werde den Band ein zweitesmal lesen und sie hoffe, es werde sich eine Gelegenheit zur Aussprache ergeben.

Da die betreffende Dame in München lebte, war zunächst nichts zu befürchten, und sollte sie tatsächlich einmal auftauchen, nun, so würde man schon weiter sehen. Für den Augenblick war Annette der Schlinge entschlüpft. Aufatmend legte sie das Blatt zur Seite. Nun war auch das geschehen. Sie nahm das Tagebuch aus der untersten Lade, die sie immer versperrte, und starrte auf die letzte Eintragung. Hatte wirklich sie selbst das geschrieben? Es mutete sie so fremd an. Es lag wohl daran, daß man nicht zugleich erleben und schreiben konnte und jede Aufzeichnung über Erlebtes sich sogleich in Reflexion verwandelte. Mit dieser Schwierigkeit war noch kein Tagebuchschreiber fertig geworden. Es war vielleicht gleich ehrlicher, beim Schreiben den Eindruck von Spontaneität gar nicht erst aufkommen zu lassen, denn es gab kein spontanes Schreiben; schon die Tatsache, daß man einen Gedanken im Kopf erst zu einem Satz ordnen mußte, machte das Schreiben zu einer ganz bewußten Arbeit. Sie griff zur Feder und schrieb: »Zwei Uhr nachts, warmer Regen. Schlaflosigkeit und Unruhe.«

Sollten diese Zeilen wirklich einmal imstande sein, diese Nacht auferstehen zu lassen? Annette zweifelte daran und schloß angewidert das Buch. Was sollte sie überhaupt damit anfangen, wenn sie in die Klinik ging? Es gab nur die Möglichkeit, es Onkel Eugen zur Aufbewahrung zu übergeben. Er würde es nicht lesen, und selbst wenn er es tun sollte, so machte das nichts aus, ebensogut konnte sie es einem Toten schicken. Erleichtert über diese Lösung versperrte sie die Lade wieder und steckte den Schlüssel in eine leere Zigarettenschachtel, in der sie ihre Haarnadeln aufzubewahren pflegte. Die Schachtel schob sie unter einen Stoß Manuskripte, die ihr vor Jahren irgendwer zum Durchlesen geschickt hatte und die sie aus Pflichtbewußtsein immer noch mit sich schleppte.

Den Schlüssel immer wieder aus dem Versteck holen zu müssen, war ihr an der ganzen Tagebuchschreiberei das Lästigste. Immer waren es diese Kleinigkeiten, die ihr am ärgsten zusetzten, den Briefkasten täglich aufzusperren, die Zeitung jeden Morgen auf dieselbe Weise zu falten, drei Stück Zucker in den Kaffee zu geben und jeden Abend die Armbanduhr aufzuziehen. Es war ermüdend und zermürbte sie mehr als ein richtiger großer Ärger. Aber wollte man eines Tages diesen Zwang abschütteln, so wäre, laut Tante Johanne, der Unordnung Tür und Tor geöffnet. Demnächst, dachte Annette, werde ich anfangen, abends nachzusehen, ob wohl alle Lichter gelöscht sind und ob nirgendwo eine glühende Zigarette verglimmt. Hatte man einmal begonnen, dem Zwang nachzugeben, war kein Ende abzusehen. Davor mußte sie sich in acht nehmen, es war eine der Gefahren, die auf sie lauerten, vielleicht die geringste, aber sicher die lästigste. Niemals hatte sie etwas Derartiges an Gregor bemerkt, vielleicht weil er alles, was er tat, bei vollem Bewußtsein und äußerster Konzentration tat. Aber was wußte sie schon darüber, es mochte auch so sein, daß Gregors kluger, geschickter Körper alle diese Dinge allein erledigte, ohne ihn damit zu belasten. Sie hingegen mußte von größter Vorsicht sein und immer jene Annette kontrollieren, die für Stunden in einen Tagtraum entwischte und sich nicht daran erinnerte, wo sie die Zigarette hingelegt hatte oder ob der Schlüssel in der Tasche war oder nicht. Dieser Person ständig auf die Finger zu schauen war unerhört anstrengend und manchmal wirklich entmutigend.

Da waren Schritte auf dem Kiesweg. Annette rannte ans Fenster. Es war aber nur der junge Mann von unten, der eine Nacht durchgebummelt hatte und nun leise und vorsichtig die Tür aufsperrte, um seine Mutter nicht zu wecken. Er schien die alte Frau schlecht zu kennen, denn sie lag bestimmt wach in ihrem Bett und wartete auf ihn. Sie sah jedenfalls ganz so aus, und Mütter schienen ja überhaupt nichts anderes im Kopf zu haben, als nachts wachzuliegen und sich Sorgen zu machen. Aber nichts auf der Welt konnte den jungen Mann davon abhalten, zu gehen und zu kommen, wann es ihm beliebte. Wenn die alte Frau klug war, sagte sie ihm am Morgen wenigstens nicht, daß sie sich gesorgt hatte. Aber das war wohl zuviel erwartet. Den ganzen Tag mußte sie putzen, für ihn kochen, seine Wäsche waschen, und dann sollte sie auch noch klug sein und schweigen. Und wem schadete sie schon damit, nur sich selbst, denn der Sohn vergaß sie wohl in dem Augenblick, in dem er auf die Straße trat. Man konnte sehr wohl zehn Minuten den Mund halten und den Kopf einziehen, wenn man sich damit eine Wirtschafterin ersparte. Die Mutter blieb zurück bei seinem Frühstücksgeschirr (schon wieder hat er Marmelade aufs Tischtuch gepatzt, das kommt davon, wenn man beim Frühstück die Zeitung liest), bei seinen zerknitterten Hosen und zerrissenen Socken und dem nagenden Kummer über die Lippenstiftspur auf seinem Hemdkragen. Und eines Tages mußte die Welt der alten Frau einstürzen, an dem Tag, an dem der liebe Junge es vorzog, das Tischtuch einer anderen Frau mit Marmelade zu bekleckern und einer anderen Frau seine schmutzige Wäsche zu hinterlassen. Es war anzunehmen, die alte Mutter werde sich jetzt endlich Ruhe gönnen und, erlöst von ihrem schmarotzenden Plagegeist, aufatmen und ein freier Mensch sein. Aber nein, sie dachte nicht daran. Was konnte schon ein Mensch, der so viele Jahre in der Sklaverei gelebt hatte, mit Freiheit beginnen, wenn die Unfreiheit zeitlebens sein einziges qualvolles Glück gewesen war?

Der junge Mensch mußte jetzt in seinem Zimmer sein, denn Annette sah Licht aus seinem Fenster scheinen. Übrigens war das Gras nicht gewachsen, wie sie sich eingebildet hatte, es stand genau so hoch wie am Vortag und der Regen sprühte im Licht wie feines Silber darüber. Ein

Vogel regte sich im Weigelienbusch und stieß ein paar klagende Töne aus. Annette dachte voll Sympathie an seinen kleinen, schlafwarmen Leib und an das winzige Herz unter dem feuchten Gefieder. Der kleine unsichtbare Vogel war ein Tropfen Leben in dieser endlosen Nacht und machte, daß sie sich eine Spur weniger einsam fühlte. Nur eine Spur, aber es genügte, um die zähen vergangenen Stunden ein wenig von ihr abzurücken und sie von ihrem alphaften Gewicht zu befreien. Und wenn ich die ganze Nacht damit hingebracht hätte, Schopenhauer oder Kant zu lesen, es wäre weniger Trost gewesen als der Ruf dieses kleinen Vogels, dachte Annette. Im Grund war alle Philosophie nichts anderes als das klägliche Lied eines Kindes, das die Furcht vor der Dunkelheit vertreiben soll. Aus Stößen von bedrucktem Papier klang noch immer das Lied: »... ich bin allein und ich fürchte mich ... komm und hol mich zurück ...«, und nichts als dieses Lied.

Der junge Mann hatte das Licht abgedreht und der Vogel war verstummt. Nur der Regen rauschte jetzt wieder stärker auf den Garten nieder. Annette fror in ihrem dünnen Nachthemd, wahrscheinlich hatte sie schon die ganze Zeit gefroren und hatte es nicht gemerkt. Sie ging in die Küche, nahm eine Marille vom Obstteller und roch daran. Sie stellte sich vor, wie sanft die rotgelbe Frucht in ihrem Mund zerschmelzen würde, dann, von einer plötzlichen Traurigkeit befallen, legte sie die Marille wieder zurück und ging ins Schlafzimmer. Drei Uhr, noch immer war es dunkel, und der Regen machte, daß die erste Dämmerung nicht durchdringen konnte.

Annette legte sich wieder hin und schloß die Augen. Der Polster roch jetzt nach Regen. Lieber Polster, laß mich einschlafen! Sogleich wurde er heiß und unerträglich, und Annette mußte ihn umdrehen. Sie konnte nicht immerfort auf dem Rücken liegen und drehte sich vorsichtig zur Seite. Und da war er wieder, dieser unerträgliche Druck im Leib. Schwindlig vor Müdigkeit stieg sie noch einmal aus dem Bett und suchte die Toilette auf. Aber nachher war es auch nicht besser, der Schmerz in der Blasengegend ließ nicht nach. Sie lag jetzt so ungeschickt auf dem Ellenbogen, daß die rechte Hand anfing taub zu werden. Auf der linken Seite war es noch ärger, ihr Herz fing, zusammengepreßt, nun auch zu schmerzen an. Wieder auf den Rücken, und da war auch schon das Schwindelgefühl, das ihr diese Lage auch in gesunden Zeiten verursacht hatte. Auf dem Bauch liegen konnte sie natürlich nicht, es blieb also wieder nur die rechte Seite. Diesmal lag ein Bein auf dem andern und drückte. Dem konnte man abhelfen, aber da war wieder die Schulter im Weg und quetschte das Schlüsselbein. Lieber Himmel, gab es denn keine Lage, in der ihr nichts weh tat? Noch dazu stellten sich wieder diese kleinen bösartigen Stiche in der Blasengegend ein; sie wollte gar nicht wissen, was sich dort abspielen mochte, und versuchte, es einfach nicht zu bemerken. Der kranke Heine in seiner Matratzengruft fiel ihr ein, und ihre Hochachtung für ihn wuchs ins Grenzenlose. Aber dann gab es plötzlich nichts mehr als Schmerz, und sie vergaß alles und drehte sich wieder nach links. Halb auf dem Rücken liegend, glitt sie endlich in einen Zustand relativer Schmerzlosigkeit und rührte sich, erschöpft, eine Weile nicht. Es war entschieden zu wenig Luft im Zimmer. Da beide Fenster offenstanden, mußte es an ihr liegen. Sie atmete ein paarmal tief und angestrengt und bekam davon Herzklopfen; es war fast besser, flach zu atmen und weniger Luft zu bekommen. Eine Schande war es, hier zu liegen, ganz und gar dem eigenen erbärmlichen Körper ausgeliefert, unfähig zu denken und sich auf etwas anderes zu konzentrieren als auf diesen Körper. Jahrelang hatte sie ihn mit einer gewissen Geringschätzung behandelt, jetzt, da er sie endlich in seine Gewalt bekommen hatte, schien er sich gründlich rächen zu wollen. Sie drehte die Decke um, kühles, glattes Leinen; so war es besser, aber nicht länger als drei Minuten.

Leute, die irgendeine Begabung hatten, konnten sich in diesem Fall besser helfen, sie spielten Klavier, schrieben Gedichte oder bastelten Flaschenschiffe. Aber Bücherlesen war keine besondere Gabe, und es war das einzige, was sie konnte. Es war gar nichts damit anzufangen, wie man sah. Der Krieg in Gallien fiel ihr ein und Ariovist, dieser widerliche Kraftprotz, wo kam er plötzlich her mit seinem roten Bart und den unanständig blauen Augen? Ob auch auf ihn nachts eine Frau wartete, oder auch mehrere? Jeder Mann wurde ja bei seinen Taten vom Schatten einer wartenden Frau verfolgt, nur konnte oder wollte keiner von diesem Schatten wissen.

Heiliger Schutzengel mein ... bei Tag und Nacht, ich bitte dich ... schau, wenn ich einschlafe, darfst du endlich heimfliegen, tu etwas ...

Annette hörte sich lachen und verstummte erschreckt. Es gab nichts zu lachen, rein gar nichts. Zur Abwechslung konnte man an das Wetter denken, es mochte regnen, oder klar sein, vielleicht gab es Nebel oder Gewitter, aber das war schon unwahrscheinlich, von einem plötzlichen Schneefall ganz zu schweigen. Aus – ein sehr unergiebiger Stoff. Wenn ich eine fünfte Seite hätte, wäre ich längst eingeschlafen, eine Seite, auf der man liegen könnte, ohne jeden Knochen zu spüren. Und dabei war sie so müde, so müde wie damals vor der Blinddarmoperation, als man ihr die Injektion gegeben hatte. Und wie sie plötzlich zu fliegen angefangen hatte, über einem schwarzen gläsernen Meer, immer höher und höher, und dann der Absturz. Nur das Durchschlagen der gläsernen Wellen schmerzte, ein atemraubender brennender Schmerz, und dann nichts mehr.

Jetzt bin ich soweit, sagte sich Annette. Ich kann nicht mehr klar denken, die Gedankenflucht setzt schon ein. Gerade als sie in die sanfte, warme Dunkelheit entglitt, riß ein heftiger Schlag sie zurück. Atemlos und hellwach lag sie mit wildschlagendem Herzen auf dem Rücken. Sie wußte sehr gut, was geschehen war. Wie immer, wenn sie sehr übermüdet war, würde dieses krampfhafte Zucken sie immer wieder aus dem Schlaf reißen. Sogar Gregor war einmal erwacht von dieser Erschütterung. Sie hatten beide gelacht darüber, und Annette war dann eingeschlafen, die Wärme seiner Hand auf der Brust, durchtränkt vor Glück und Müdigkeit. Ich darf es nicht vergessen, sagte sie sich, nie, wenn ich anfange es zu vergessen, höre ich auf zu leben. Sie wagte nicht wieder einzuschlafen aus Angst vor dem Schock des Wachgerütteltwerdens. Und es würde wieder kommen, sowie sie sich in den Schlaf sinken ließe. Sie stellte den Polster auf und lehnte nun halb sitzend im Bett. Das Kind drückte gegen ihr Zwerchfell, und es wurde mit jeder Minute ungemütlicher. Es gab jetzt auch in der ganzen Wohnung keine Zigarette mehr, besser, gar nicht daran zu denken. In drei Stunden war es Zeit aufzustehen, und genau dann würde sie fest eingeschlafen sein. Auch Gregor mußte aufstehen, aber ihm genügten drei Stunden Schlaf zur Not vollkommen. Kein Mensch würde ihm anmerken, wie er die Nacht verbracht hatte, während sie, Annette, eine schlaflose Nacht vollkommen zerstörte. Und wie hatte Gregor die Nacht verbracht? Annette würde es nie wissen, es war sinnlos, ihn danach zu fragen. Offiziell war er mit einem Klienten ausgegangen, und das mußte ihr genügen.

Wo waren die Zeiten, da sie um fünf Uhr früh erwacht war, ausgeruht und voll Tatkraft für einen ganzen, nein, für einen halben Tag. Es kam, seit sie Gregors Frau war, fast nie mehr vor, daß sie um neun Uhr schlafen gehen konnte, und doch war es das, was sie brauchte, notwendiger als Steak und Schnitzel, in denen Gregor ihr Heil sah. Essen war kein Ersatz für Schlaf, kein Ersatz für irgend etwas auf der Welt. Es sollte ja Leute geben, die sich aus Kummer die Fettsucht anzüchteten, und das war Annette völlig unbegreiflich. Kummer und Freude hatten in diesem Punkt dieselbe Wirkung auf sie, nämlich daß sie fast ganz zu essen aufhörte.

Es war jetzt ein wenig heller vor den Fenstern, die Dämmerung war nun endlich doch angebrochen und es hatte aufgehört zu regnen. Eine Taube gurrte auf dem Dach, die Taube, die sie immer um diese Zeit weckte und die allein zu sein schien, denn man hörte nie, daß sie Antwort bekam. Vielleicht lebte ihre Familie anderswo, oder sie war ein Taubensonderling. Wie immer, wenn Annette eine Nacht durchwacht hatte, spürte sie ihr Gesicht auf eine besonders intensive Art, als habe sie einen neuen Sinn entwickelt, der ihr seine Proportionen deutlich machte, einen unsichtbaren Finger, der aber auch sehen und schmecken konnte. Es war, als stecke sie in ihrem eigenen Kopf und betaste sich von innen, spüre den Geschmack des Fleisches im Mund und sähe zugleich von außen die glatte Oberfläche. Es war ein wenig unheimlich und befremdend, aber nicht besonders lästig, und gewiß hätte irgendeine gelehrte Persönlichkeit sie über die Ursachen dieses Symptoms aufklären können, nur wollte sie gar nichts Näheres darüber erfahren.

Sie glättete die Polster und legte sich flach zurück. Wenn der Tag nicht eine Katastrophe werden sollte, mußte sie jetzt einschlafen, auch um den Preis, noch ein paarmal aufzuschrecken. Es war lächerlich, sich so sehr davor zu fürchten. Dann fingen mit einem Schlag alle Vögel zu singen an, und das mußte die Ursache dafür sein, daß Annette den Wagen nicht vorfahren hörte. Und dann vernahm sie die Schritte im Vorzimmer. Mit geschlossenen Augen, das Gesicht in den Polster gedrückt, blieb sie liegen und rührte sich nicht. Es gelang ihr, das Herzklopfen zu beschwichtigen, und sie regte sich auch nicht, als Gregor sich über sie beugte und der süße Duft eines sehr fremden Parfums ihr Gesicht streifte.

18. Juli.

Die Hitze wieder unerträglich. Gregor will mich aufs Land schicken. Ich werde aber hier bleiben, weil ich es so bequemer habe. Die Wahrheit ist natürlich, daß ich Gregor jetzt notwendiger brauche als je zuvor. Die Tage vergehen so langsam, mit tausend Nichtigkeiten an der Oberfläche und darunter mit dem Warten auf den Augenblick, in dem Gregor die Tür aufsperrt. Er fängt jetzt an, Pläne zu schmieden, wie wir den nächsten Urlaub verbringen wollen, wie das Kind heißen soll, ob man nicht die Bedienerin durch ein Mädchen ersetzen sollte, damit wir abends manchmal ausgehen können, und so weiter. Er scheint sich ehrlich auf das Kind zu freuen, so sehr, daß ich fast bestürzt darüber bin. Wahrscheinlich wollte er im Grund immer schon ein Kind und ist sich jetzt erst klar geworden darüber. Er wird dieses Kind als seinen Besitz betrachten, auch mich liebt er ja auf diese Weise. Ich wünsche so sehr, daß alles so kommt, wie er denkt, aber ich habe gar keine Vorstellung davon.

22. Juli.

Meine Arme und Schultern sind schrecklich mager geworden. Ich muß die Ringe ablegen, um sie nicht zu verlieren. Das Gesicht nicht eigentlich entstellt, nur erschöpft wie nach einer schweren Krankheit. Ich kann fast nichts mehr essen, alles drückt mich. Nichts scheint mehr in mir Platz zu haben als dieses Kind, das mich aushöhlt und auffrißt. Wenn ich mich im Spiegel sehe, zweifle ich daran, daß es mich auf normalem Weg verlassen kann. Ich habe Angst, nicht vor den Schmerzen der Geburt, die ich mir ja nicht vorstellen kann und die ich schon herbeiwünsche, um endlich wieder von dieser Last befreit zu werden, sondern vor der Möglichkeit, daß ich einfach nicht imstande sein werde, dieses Kind zur Welt zu bringen. Wahrscheinlich geht das allen Frauen so. Ich weiß, daß der Gedanke ganz unsinnig ist, aber ich weiß es nur mit dem Kopf, und das ist nicht überzeugend genug.

27. Juli.

Alexander besuchte mich gestern. Plötzlich unterbrach er das belanglose Gespräch und sagte, er habe nicht aufgehört zu hoffen, daß ich doch eines Tages zu ihm zurückkommen werde. Ich müsse mich ja nicht dazu äußern, aber er sehe ein, daß jedem Menschen ein Irrtum unterlaufen könnc. Mit dem Irrtum meinte er Gregor. Wahrscheinlich hat er sich für sein Privatleben interessiert und hat Dinge entdeckt, von denen er annimmt, ich würde sie auf die Dauer nicht hinnehmen. Vielleicht glaubt er auch, ich sei die unwissende betrogene Gattin, der man einen vorsichtigen Wink geben muß.

Es war entsetzlich peinlich, und es blieb mir nichts übrig, als mich dumm zu stellen und die ganze Sache ins Lächerliche zu ziehen. Andernfalls hätte ich den armen Alexander hinauswerfen müssen, und das kann ich nicht. Es genügt ja schon, daß ich die Ursache seines schlechten Benehmens bin. Ich sah seine schönen kurzsichtigen Augen, den nervösen Mund und kränkte mich ein wenig darüber, daß ich nicht einmal richtiges Mitleid für ihn aufbringen konnte in diesem Augenblick. Schließlich hielt er meine Hand fest, und ich mußte mich dazu zwingen, sie nicht sofort zurückzuziehen.

Er kann ja nicht wissen, daß ich nicht mehr die alte Annette bin, die einmal seine Geliebte war, sondern ein ganz neues, fremdes Geschöpf. Die alte Annette ist verbrannt in hundert schlaflosen Nächten.

1. August.

Es gibt Gedanken, die ich nicht niederschreibe aus der abergläubischen Furcht heraus, sie könnten Gestalt annehmen und Wirklichkeit werden.

3. August.

Allmählich fange ich an, die Notwendigkeit von Gesetzen und Religionen zu begreifen. Wenn sie auch die Rechte des einzelnen beschneiden, geben sie ihm doch dafür ein Minimum von dem lebenswichtigen Gefühl der Sicherheit. Für einen Menschen, dem Gesetze und Regeln nichts bedeuten, gibt es auch keine Instanz, die ihm im Zweifelsfall die Entscheidung abnimmt. Und wer kann sich schon ständig in Balance halten ohne eine stützende Hand? Man sollte von einem Menschen nicht zuviel verlangen.

5. August.

Wenn das Grundgefühl eines Menschen Glück ist, kann er jede äußere Belästigung ertragen. Sogar das Unglück kann ihn noch bereichern, wie ein üppiger Boden neben dem Getreide das Unkraut gelassen erträgt und blühen läßt. Andernfalls wandelt sich auch Glück zu gewöhnlichem Behagen, ein Bienenstich wird zur Katastrophe und das Unkraut überwuchert die spärlichen Halme. Ich bin immer noch glücklich, sosehr es mich selbst verwundert.

Wieder war Onkel Eugen der erste Gast, der erschien. Er war mit einer Taxe gekommen, das Umsteigen in die

Straßenbahn war ihm endgültig zu mühsam geworden. Er ging ja auch nicht mehr oft aus. Nach den langen Jahren des abenteuerlichen Lebens mußte er wieder zum Kind werden, das den elterlichen Garten nicht mehr verlassen darf. Er war ein wenig kleiner geworden, schien es Annette, und hatte in den letzten Monaten an körperlicher Substanz verloren. Auch beschäftigte er sich neuerdings mit Gedanken, die ihm vor einem Jahr fernliegend erschienen wären. Nach der Begrüßung erzählte er sofort, er habe sich bei verschiedenen Möbelhändlern umgetan und festgestellt, daß es keine richtigen Gitterbetten mehr gebe. Annette wollte doch hoffentlich ihr Kind nicht hinter weißlackierte Stäbe sperren. Zu seiner Zeit habe es richtige Gitterbetten gegeben, mit einem Netz aus rosa oder blauen Schnüren, das man hinaufziehen oder herunterlassen konnte. Annette dachte nach, und da war es wirklich, das verschossene rosa Netzwerk, das sie von der Welt der Großen trennte, dahinter die blaugewürfelte Schürze einer alten Kinderfrau, der prasselnde Ofen und der Singsang des Regens an den Fensterscheiben. »Aber das gibt es ja gar nicht mehr«, sagte sie verloren.

Er starrte sie angestrengt aus seinen gelblichen Augen an und nickte widerwillig. »Nein, das gibt es nicht mehr, aber man müßte doch etwas derartiges auftreiben können. Ich kenne einen alten Tischler, Annette, möchtest du, daß ich mit ihm rede?«

Wo war die Bläue seiner Augen, erloschen wie das Feuer in jenem längst abgerissenen Ofen, versiegt wie der Regen ferner Abende. Unbehagen regte sich in Annette. Etwas geschah in diesem Augenblick, zwei Zustände, die sich nicht vermischen durften, berührten einander und fingen an, in eins zu zerfließen. Dies war nicht erlaubt. Das Kind hinter rosa Netzwerk gab es nicht mehr, ebensowenig wie den großen, aufrechten Mann mit dem glücklichen blauen Blick, den frei Umherschweifenden, den Verschwender und Spieler. Es gab nur noch die junge Frau mit dem schweren Leib und den Greis mit dem welken Fleisch.

»Phantasie«, sagte sie selbstvergessen, »ist etwas sehr Übles und Verdächtiges, findest du nicht?«

Er lächelte artig und nickte. In diesem Augenblick sah er sehr weise und wissend aus, aber so sah er ja jetzt immer aus; es war nicht einmal sicher, daß er ihr zugehört hatte, und sie hoffte, es wäre nicht der Fall gewesen. Sie machte sich mit den Blumen zu schaffen, wieder waren es rosa Nelken, und stellte sie in eine Vase. Als sie zurückkam, sah Onkel Eugen immer noch so weise aus, aber das mochte eine geschickte Tarnung sein, die er benützte, um sich hinter ihr von den Strapazen des Autofahrens zu erholen. Dumme Leute, überlegte Annette, haben es im Alter leicht, kein Mensch erwartet von ihnen, die nie anders als stupid und langweilig waren, sie würden plötzlich geistreich werden, während man von Onkel Eugen, der zeitlebens ein blendender Gesellschafter war, voraussetzt, er werde es in alle Ewigkeit bleiben.

Vielleicht wünschte er sehnsüchtig, in alte Pantoffel zu schlüpfen, die Krawatte abzunehmen, den Rock auszuziehen und ein Nickerchen zu machen – und der Teufel sollte Annettes Gesellschaft holen. Und es gab ja auch eine Menge alter Männer, die das wirklich taten, aber das waren eben Männer und keine Herren, oder so große Herren, daß es ihnen gleich sein konnte, was die Leute über sie dachten. Onkel Eugen aber, der doch wirklich ein großer Herr war, wenn man von seinem Bankkonto absah, zog es vor, still zu leiden und die unverbindliche Maske der Weisheit zu tragen. Es wäre eine Beleidigung gewesen, ihm zu sagen: »Ich bitte dich, mach's dir doch bequem.« Eitelkeit, dachte Annette, die Eitelkeit des alten

Mannes, der nicht aufhören will, als Mann zu gelten. Es war bewundernswert und machte, daß sie sich ihrer gelegentlichen Nachlässigkeit schämte. Onkel Eugen und Tante Johanne, so verschieden sie auch immer gewesen waren, beide wollten sie nicht nachgeben, und auch in ihr steckte dieses Nichtnachgebenwollen, eine Art von leichtsinnigem und verzweifeltem Mut, der keine Schonung kannte.

»Ich hab mir das mit dem Gitterbett überlegt«, sagte sie. »Wenn du wirklich so gut bist und mit deinem Tischler reden willst.«

Onkel Eugen kehrte zurück auf diese Welt und versprach, sein möglichstes zu tun. Annette hätte ihm gerne noch gesagt, wie reizend sie es von ihm fand, daß er ihre Einladung angenommen hatte, trotz der Mühe, die es ihn kosten mußte, aber dann sagte sie doch nichts und beschloß, das unerschöpfliche Thema »damals in Rußland, im Jahre fünfzehn« anzuschneiden. Obgleich sie Rußland nie mit Augen gesehen hatte, besaß sie dank seiner Erzählungen eine festumrissene Vorstellung davon. Vielleicht war es nicht das wirkliche Rußland, das sie kannte, sondern Rußland mit den Augen Onkel Eugens gesehen, aber jede Wirklichkeit war ja durch die Augen irgendeines Menschen gesehen. Es gab keine Wirklichkeit ohne dieses Medium, ebenso wie es keine Gedanken gab, die nicht erst durch das Gehirn eines Menschen zu Gedanken wurden. Und daher kam es auch, daß jedes Ding so viele verschiedene Wirklichkeiten besaß, für jeden Menschen eine andere.

»Wir waren damals bei Kiew«, erzählte Onkel Eugen, »und der arme Bruckmüller war gerade vom Train zurückgekommen.«

Annette kannte den armen Bruckmüller durch und durch, diesen Unglücksraben, dessen ganzes Leben – er war schon mit Onkel Eugen im Internat gewesen – eine einzige Kette von Katastrophen gewesen sein mußte, ehe er endlich in seinem Erdloch verschüttet wurde. Aber erst ihr, Annettes, Tod würde ihn endgültig umbringen, es sei denn, sie würde seine traurige Geschichte an ihr Kind weitergeben. Aber sollte Onkel Eugen einmal nicht mehr sein, so würde es ihr gewiß kein Vergnügen mehr machen, über den armen Bruckmüller zu reden. Wie kam es nur, daß dieser Schemen und so viele andere Schemen für sie viel wirklicher waren als die Leute, die sie täglich grüßte? War es nicht merkwürdig, daß sie in dieser großen Stadt nicht mehr als fünf Leute kannte, die sie einzuladen pflegte? Und selbst von diesen fünfen mochte sie zwei nicht, nämlich Frau Goldener und den jungen Heym. Aber es gab ja auch in jeder Familie ein paar Mitglieder, die man nicht mochte und die doch dazugehörten. Dann war da noch eine Reihe von Bekannten, mit denen man natürlich redete, oft sehr gescheite und angenehme Leute, die aber aus einem dunklen Grund nie in den inneren Kreis zugelassen wurden – und dann nichts mehr. Es liegt nur an mir, dachte Annette, ich könnte ein Regiment von Freunden haben, wenn ich mich darum bemühte, aber ich hab keine Lust dazu.

»Und dann«, rief Onkel Eugen hingerissen, »war plötzlich das Dach weg, und man hat die Sterne gesehen. Weißt du, wie die Sterne in der Steppe ausschauen, ganz anders als bei uns.«

Annette war überzeugt davon. Sie sah die fremden Sterne funkeln in der eisigklaren Winternacht, hörte den Kanonendonner und das Sausen der Schrapnells. Und immer näher kam es und näher und ging in ein schrilles Klingeln über – und war an Annettes Wohnungstür.

»Schade«, sagte Onkel Eugen ein wenig enttäuscht. »Es war gerade so gemütlich.«

Annette stimmte ihm zu und erhob sich unwillig aus ihrem Sessel.

Es waren die Goldeners und der junge Heym.

»Wir werden nicht auf Meta warten«, sagte Annette, »sie kommt immer viel zu spät.«

Herr Goldener entschuldigte sich für seine eigene Verspätung, die er höchst umständlich zu begründen suchte, woraus Annette schloß, daß seine Frau einfach mit dem Anziehen nicht zurechtgekommen war. Frau Goldener sagte übrigens kein Wort dazu und puderte sich ungeniert die Nase. Schließlich waren alle so weit, daß Annette sie ins Wohnzimmer führen konnte. Noch nie war ihr so deutlich wie heute aufgefallen, wie unwohnlich dieses Wohnzimmer war. Herr Goldener duckte sich, als er die Schwelle überschritt, als erwarte er einen Angriff. Die Fenster standen offen und aus dem nahen Türkenschanzpark wehte ein wenig kühle Luft ins Zimmer. Wahrscheinlich war das aber nur eine Einbildung, der sich jeder Mensch hingibt, der einen Park nahe weiß. Es war ja heute ein völlig windstiller Tag, selbst der gedämpfte Straßenlärm ertrank in dieser wesenlosen Stille. Annette fürchtete schon, es werde in diesem kühlen, eleganten Zimmer kein Gespräch aufkommen, aber Frau Goldener enthob sie dieser Sorge und erzählte, daß sie mit dem jungen Heym eine Graphikausstellung besucht hatte. Sie war völlig unbefangen, wie nur Blinde, Taube und Gefühllose sein können, und plapperte ins Blaue. Annette begriff nach einiger Zeit, daß sie und der junge Mann einander nahe gekommen waren, das heißt, daß er ihr Liebhaber geworden war. Sie versank in nachdenkliches Staunen. Es war zu sehen, daß Herr Goldener darüber Bescheid wußte und darunter litt, es aber mit einiger Würde trug. Annette sah die Frau an, als sähe sie sie heute zum erstenmal und desgleichen den jungen Heym, und sogleich spielte ihre Phantasie ihr wieder einen bösen Streich und ließ sie schamvoll erröten. Nein, diese Affäre war gewiß nicht erfreulich, und Annette war froh, daß der gute Doktor Heym, Vater dieses unerfreulichen Sohnes und Hausarzt bei Tante Johanne, nicht mehr lebte. Je länger sie den jungen Menschen betrachtete, desto wahrscheinlicher erschien es ihr, daß er ein unterschobener Bastard sei, so wenig Ähnlichkeit zeigte er mit jenem ehrenwerten Mann, der ihr so oft in den Hals geschaut hatte. Sie suchte krampfhaft nach einem Gesprächsstoff, um von dem peinlichen Schauspiel abzulenken, und Herr Goldener ergriff dankbar die Gelegenheit und fragte sie, was sie von einem bestimmten Buch halte. Es war das Buch eines jungen Deutschen über seine Kriegserlebnisse, und Annette hatte es von Herrn Goldener ausgeborgt gehabt. Eigentlich war sie noch gar nicht dazugekommen, sich Gedanken darüber zu machen, erst jetzt, während des Gesprächs, wurde ihr klar, was sie an allen Kriegsbüchern auszusetzen hatte. Ihre Schwäche lag im Stoff. Es war ganz offenbar so, daß Kriegsbücher nur von Leuten geschrieben wurden, die gegen ihren Willen in kriegerische Ereignisse verwickelt worden waren. Die wirklichen Krieger und Abenteurer von Geblüt schrieben keine Bücher, sie waren vollauf mit ihren Taten beschäftigt. Und so bestand auch nicht die geringste Möglichkeit, von ihnen jemals etwas anderes zu hören als ein bißchen Seemannsgarn und Jägerlatein, die armseligen Rückstände aller Abenteuer. Alles, was geschrieben wurde, waren die literarisch mehr oder weniger bedeutenden Auseinandersetzungen absoluter Nichtkrieger (selbst nach zehn Kesselschlachten) mit dem Phänomen Krieg. Es war gerade so, als wollte ein Kinderfeind ein Buch über Kinder schreiben; es konnte ein originelles Werk dabei herauskommen, aber gewiß kein Buch, das etwas Wesentliches über Kinder zu sagen hatte, sondern eines, das von der Einstellung seines Verfassers zu Kindern erzählte. Kriege konnte man nur in Form von Statistiken und Berichten aufzeichnen, die sich grausiger lasen als irgendein Roman. Die besten Kriegsbücher waren immer noch solche, die den Krieg als Hintergrund benützten, vor dem sich ganz private Schicksale abspielten, die den Leser gefangennehmen konnten; aber das waren schon keine Kriegsbücher mehr, denn private Schicksale konnten sich vor jedem beliebigen Hintergrund abspielen. Annette redete sich in Eifer, und Herr Goldener ließ sich mitreißen und vergaß, dem brünstigen Gegirr seiner unseligen Frau zu lauschen. Plötzlich konnte Annette ihn wirklich sehen, diesen wahren Menschen, zivilisiert, urban und vernünftig, und sie wußte, daß sie im Vergleich zu ihm eine Wilde war, sie war es immer gewesen und würde es auch bleiben, anders säße sie nicht hier, mit dem Kind eines anderen Wilden im Leib. Es wäre ihr wohler gewesen, sie hätte die Welt der gemäßigten Gefühle, der Vernunft und Ästhetik nie kennengelernt. Aus den sanften braunen Augen des kleinen Goldener sah sie ein anderer Menschenschlag an, mit jener leisen, wissenden Ironie, die doch von gar nichts wissen konnte, weil ihr das Leben nie widerfahren war. Sie, Annette, war dorthin zurückgekehrt, von wo sie gekommen war, und fing an, die Jahre der halben Gefühle, endlosen Debatten und fröstelnden Nächte zu vergessen.

»Wie war doch das Gedicht«, fragte sie den jungen Heym, »von einem Wolf im Silberfell?«

Der junge Mann verzog verächtlich den Mund. »Ich erinnere mich«, sagte er, »etwas sehr Junges und Schwaches … ich war damals beeinflußt … jetzt schreibe ich ganz anders.«

Annette sah sein Gesicht, das plötzlich gar nicht mehr jung aussah, mit den schmalen, schwächlichen Lippen und den geröteten Lidern. In der Tat, Onkel Eugen mit seinem schlaffen Fleisch und dem gelichteten Haar war ein Jüngling gegen ihn, nein, ein Kind, das im Garten seiner Eltern spielte und das demnächst in das netzbespannte Gitterbett zurückkehren mußte. Wohin aber, so fragte sie sich fröstelnd, würde der junge Heym zurückkehren? Sie mochte ihn nicht, aber sie fand, er sollte sich nicht so quälen, da doch gar nichts dabei herauskommen konnte. Natürlich durfte man ihm das nicht sagen, er hätte es auch nicht geglaubt. Seufzend wandte sie sich von ihm ab. Onkel Eugen saß ganz still hinter seinem Glas. Noch wahrte er aus alter Gewohnheit die äußere Form, er schloß die Augen nicht und lehnte sich nicht schlampig und bequem zurück, sondern hielt sich so aufrecht, wie es seine alten sinkenden Schultern erlaubten, aber in Wahrheit war er nicht vorhanden in diesem Augenblick.

Der junge Heym, beleidigt darüber, daß man ihm eines seiner alten Gedichte vorgehalten hatte, rächte sich dafür an dem einzigen Menschen, dem er etwas anhaben konnte, nämlich an Frau Goldener, und wurde einsilbig und zynisch. Es war ein Glück, daß Meta kam, ehe er allzu ungezogen werden konnte. Sie stürzte ins Zimmer, eine Schachtel Bonbons an den Busen gedrückt, und ein befreites Aufatmen ging durch die kleine Gesellschaft. Meta wußte natürlich genau, daß Annette sich nichts aus Süßigkeiten machte, da sie aber selbst so gern naschte, brachte sie immer wieder Bonbons mit, die sie dann zur Hälfte selbst aufaß. Immer schenkte sie nur das, was ihr selbst begehrenswert erschien: Liebesromane an Leute, die niemals etwas lasen außer dem Sportbericht, Salamistangen an eingefleischte Vegetarier und Zigaretten an Nichtraucher. Jede andere Person hätte sich damit unmöglich gemacht, Meta durfte es sich erlauben und wurde sogar noch geliebt dafür. Auch Annette freute sich jedesmal aufrichtig, wenn die Freundin mit einer dieser lächerlichen Bonbonnieren auftauchte. Plötzlich war das Zimmer voll Leben und Wärme. Der schwüle Augustabend war mit Meta hereingekommen und breitete sich bis in den letzten Winkel aus. Sogleich riß sie die Unterhaltung an sich, und Annette verkroch sich dankbar in den tiefen Polstersessel. Meta würde niemals ein Kind haben. Der blühende Leib war verdammt zur Unfruchtbarkeit, weil er zu einer Zeit, da die Gesellschaft es ihm nicht erlauben durfte, allzu fruchtbar gewesen war. Es war wie ein Hohn und höchst unpassend, fand Annette, daß sie es war, die ein Kind bekam, und nicht Meta. Aber die Freundin schien ihr diesen Umstand nicht übelzunehmen. Sie gehörte zu den Leuten, die sich Kummer nur selten und auch dann nur bis zu einer gewissen Grenze gestatten und überzeugt davon waren, man könnte jeden Kummer durch Tätigkeit vertreiben. Sie hätte eine Schwester Gregors sein können. Nichts drang unter die glatte, gesunde Haut, und niemals würde Meta den kleinen faulen Kern zur Kenntnis nehmen, der tief innen saß und langsam wuchs und wuchs und den man nicht mit dem Messer herausschneiden konnte. Ein glatter, runder Apfel schien sie Annette zu sein, der anfing, in seinem eigenen Fleisch zu ersticken. Die alte Zuneigung regte sich und ließ sie die Hand auf den Arm der Freundin legen. Es war so angenehm, Meta im Zimmer zu haben.

Plötzlich fühlte Annette Mitleid mit ihnen allen, mit dem alten Mann, der seinem Tod entgegensah, dem jungen Heym, aus dem nichts mehr werden konnte, weil er von Natur aus nichts mitgebracht hatte als ein bißchen bösartige Intelligenz, der strahlenden Meta, die wohl alles mitgebracht hatte, aber in einer kleinlichen Welt verkümmern mußte, und sogar mit Frau Goldener, die ein so böses und gieriges Gespenst war. Nur der kleine Herr Goldener war nicht zu bedauern. Für ihn war das Leben eine schmerzliche Angelegenheit, aber nicht sinnlos, da er Sinn und Harmonie in sich trug. Da er sich niemals übernommen hatte und nicht mehr erwartete, als man nach allen Erfahrungen erwarten durfte, konnte ihm nicht viel geschehen. Selbst sein einziges Laster, die Liebe zu seiner Frau, ertrug er mit sanfter Selbstironie und Gelassenheit. Nur er allein, dachte Annette, wird überdauern. Genau das schien seine Person auszudrücken, überleben, beharren und sich gleichbleiben. Aber sie wußte, daß sie genau das nicht wünschte, ja, daß es keinen beklemmenderen Gedanken für sie gab. Man würde den kleinen Goldener längst ausgestorben wähnen, und immer wieder würde er an einem Tisch sitzen, lächelnd, traurig und voll heimlicher Weisheit und Sanftmut. Aber sie, Annette, wollte dann nicht mehr dabei sein, und nichts sollte an sie erinnern, nichts.

Ich bin müde, dachte sie, müde und überdrüssig. Es war gewiß nicht die richtige Einstellung für eine Frau, die im Begriff war, ein Kind zu bekommen, aber es war die Wahrheit, der sie nicht entrinnen konnte. Nein, diese Einladung war kein Erfolg gewesen, sie konnte sich nicht mehr dazu bringen, wirklich mit ihren Gästen zu sein, und wünschte im Augenblick nichts, als allein gelassen zu werden. Was konnte sie dies noch angehen, da sie sich so weit von allem entfernt hatte, auch von sich selbst, und nur der eine Wunsch von ihr Besitz genommen hatte, in tiefe, traumlose Bewußtlosigkeit zu fallen, aus der es kein Erwachen gab.

Dann bemerkte sie, daß Onkel Eugen sie aufmerksam beobachtete. Er weiß es, dachte sie und lächelte ihm ergeben zu.

»Ich glaube«, sagte er, »wir ermüden die arme Annette zu sehr.«

Sie versuchte zu widersprechen, aber alle schienen sich

plötzlich einig zu sein und fanden, es sei tatsächlich an der Zeit zu gehen. Annette ließ mit eingefrorenem Lächeln den Abschied über sich ergehen und schloß die Türe hinter ihren Gästen. Das Wohnzimmer lag nun wieder leer und fing an, Kühle auszuströmen. Annette wollte in ihr Zimmer gehen, aber dann blieb sie doch vor dem runden Tisch sitzen, und während ihre Augen auf die rosa Nelken starrten, vergaß sie den langen Tag, und zum erstenmal seit vielen Wochen vergaß sie auch, auf die vertrauten Schritte im Vorzimmer zu warten.

Es gab nichts mehr als ihren Leib, in dessen Wärme und Dunkelheit das unsichtbare Leben wuchs und sie mit zarten Händen betastete.

7. August.

Irgendwo las ich einmal, der ungläubige Mensch sei nicht fähig zu lieben und müsse seine Liebesobjekte ständig wechseln. Das hat auf den ersten Blick etwas sehr Einleuchtendes. Muß man nicht an der Liebe verzweifeln, wenn man bedenkt, wie vergänglich und wertlos der geliebte Leib ist, der sich über kurz oder lang in ein Stück verwesendes Fleisch verwandeln muß? Wie leicht müßte es dagegen sein, eine unsterbliche Seele zu lieben, der etwas Derartiges nicht zustoßen kann. Aber beginnt nicht erst hier das Abenteuer der Liebe, die weiß, daß sie Unmögliches fordert in ihrer Maßlosigkeit? Sicherheit wäre das Ende der Liebe, deren Wesen darin besteht, den immer vorhandenen Tod für Minuten aufzuheben.

10. August.

Nun ist es bald so weit. Alles ist geordnet und vorbereitet, nur das Tagebuch muß ich noch Onkel Eugen übergeben. Habe mich dabei ertappt, daß ich in der letzten Zeit, besonders wenn Gregor abends lange ausblieb, an das Kind wie an einen Komplicen dachte, und ich schäme mich für diese Gedanken. Zwischen Gregor und mir eine ganz neue Behutsamkeit. Manchmal bilde ich mir ein, ich hätte ihn nie heiraten dürfen. Der Umgang mit mir könnte ihn für seine Welt verderben. Immer öfter sehe ich in seinen Augen jenen Ausdruck von Ratlosigkeit. Ich wünschte, er könnte wieder ganz der sein, der er war, ehe er mich kannte. Wir wissen nie, ob wir nicht auf andere Menschen wie ein schleichendes Gift wirken.

11. August.

Letzte Eintragung. Bin eben im Weggehen zu Onkel Eugen. Die Angst, die mich gequält hat, ist ganz erloschen. Ich weiß nicht, was das bedeutet. Gregor hat angerufen, daß es heute später werden kann.

Im schwachen Licht der Straßenlaterne konnte Annette deutlich die dunklen Ränder der Tapetentür erkennen. Aber es konnte kein Traum sein, denn die Leuchtziffern der Uhr zeigten auf halb zwölf, und ein Wecker hat in einem Traum nichts zu suchen. Besonders dieser Wecker war viel zu neu, um sich das erlauben zu können. Wie war es nur möglich, daß sie acht Monate die Wand vor den Augen gehabt hatte, ohne die Tür zu sehen? Es war beschämend und typisch Annette.

Wohin führte sie nur? Aber sie konnte ja nirgendwo hinführen, wahrscheinlich lag nichts dahinter als ein schmaler Raum für Kleider oder Schuhe.

Und dann schwang die Tür lautlos auf. Also doch ein Traum. Annette setzte sich auf und starrte in das dunkle Viereck. Ganz ferne konnte sie einen schwachen Lichtschimmer sehen, der langsam näherkam. Aber nein, das war kein Lichtschimmer, das war das gelbe Fell eines großen Hundes, der nun über die Schwelle trat. Sie erkannte ihn sogleich. Es war Pluto, dieser Abkömmling einer braunen Vorstehhündin und eines strohfarbenen Fleischerhundes, Pluto, der Bastard, dem sie das Leben gerettet hatte, als man ihn einfach hatte ertränken wollen. Schließlich war sein Auftauchen nicht weiter verwunderlich, sie hatte doch immer gewußt, er werde sich eines Tages bis zu ihr durchgraben, durch Erde, Schutt und Geröll und durch die Mauern dieses fremden Hauses, bis zu ihrem Bett. Es war wunderbar und natürlich zugleich und war kein Widerspruch mehr zu den grünen Leuchtziffern, die sie noch immer sehen konnte.

Sie glitt aus dem Bett – wie leicht ihr das heute fiel –, schlang die Arme um seinen Hals und setzte sich auf seinen Rücken. Pluto wandte sich um und trabte durch die offene Tapetentür in die Dunkelheit eines feuchten, kühlen Ganges. Annette sah sich nicht um, sie hörte die Tür zuschwingen und spürte einen leisen Luftzug um die Wangen. Es roch ein wenig modrig hier, aber das gab sich, je weiter sie in den Gang eindrangen, und bald war da kein anderer Geruch mehr als der nach nassen Steinen und Plutos feuchtem Fell. Die Wärme des großen Tierleibes stieg zu ihr auf, hüllte sie ein und versetzte sie in einen schläfrigen und benommenen Zustand. Sacht hin- und hergeschaukelt lag sie auf Plutos breitem Rücken. Er hatte den Kopf gesenkt und lief auf einer Fährte dahin. Nie hatte ein Hund eine bessere Nase gehabt als dieser gelbe Bastard.

Allmählich wurde die Dunkelheit zur Dämmerung. Der Gang hatte sich zur Schlucht erweitert, mit aufstrebenden Felsen zu beiden Seiten und einem nebelgrauen Himmel darüber. Kleine Rinnsale sickerten von den Felsen und erfüllten die Schlucht mit leisem Gemurmel. Zu beiden Seiten des Weges wuchsen hohe Büschel Bergenzian mit tiefblauen Blüten und schmalen dunkelgrünen

Blättern. Sie sahen in der Dämmerung schwarz aus, aber Annettes Herz bewegte sich bei ihrem Anblick, und bald sah sie auch die Buchen aus den Nebeln auftauchen, die Buchen und die Farnkräuter mit den eingerollten Spitzen. Nichts hatte sich geändert, nichts.

Aber warum hätte es sich auch ändern sollen? Sie war ja nur spazierengegangen, ein wenig vom Weg abgekommen und hatte ein paar Leute getroffen, die sie aufgehalten hatten. Und schon war Pluto erschienen, um sie zurückzuholen. Er verfiel jetzt in einen leichten Trab, und sie wurde ein wenig schwindlig davon, versuchte aber nicht ihn aufzuhalten, nichts konnte ihn jetzt von der Fährte abbringen, die immer schärfer in seine Nase stieg. Die Rinnsale hatten sich in einen kleinen Wildbach verwandelt, der über grüne Steine dahinschoß. Oh, wie gut sie ihn kannte, diesen Bach. Sie kamen zu dem schwarzen Tümpel; hier hatte Annette den großen Fisch gesehen, den großen Fisch, der am Ufer saß und seine Angel auswarf nach den rotgetupften Forellen. Und kein Mensch hatte ihr geglaubt. Dabei saß der Fisch noch immer hier auf den nassen Steinen unter der riesigen Haselstaude, das böse Maul hämisch verzogen und die runden Augen auf den Tümpel gerichtet. Licht fiel durch die Zweige auf seinen glatten weißen Bauch und auf die grünen Flossen, die die Angelrute hielten. Voll Erregung klammerte sie sich fester an das Nackenhaar des Hundes, und Pluto wandte den Kopf und sah sie mit braunen Augen an, in denen hundert rote Pünktchen tanzten. Das kam daher, daß er immer nach den Sonnenstäubchen schnappte. Er schüttelte sich, und seinc Mähne dampfte in der Sonne, die jetzt durch Nebel und weiße Wolkenhaufen brach.

Sie kamen über den Steg, von dem der betrunkene Fuhrmann gefallen war. Das Geländer war noch immer zerbrochen, und Annette wagte nicht in den Bach zu schauen, aus Furcht, sie könne ihn dort liegen sehen in seinem nassen Radmantel, der auf dem Wasser trieb. Aber schon waren sie vorüber, und sie atmete auf. Ein langes Stück gab es jetzt nichts, was sie ängstigen konnte. Die Sonne lag auf den Bergwiesen und ein Häher schrie in einer Eberesche. Die weißen Wolken hingen noch in den Bergen, aber der Himmel war weißblau und gegen Mittag mußte es heiß werden. Dort drüben lag das kleine verlassene Haus, in dem niemand wohnen wollte, weil der verrückte Hausierer die alte Frau mit seinem verrosteten Brotmesser umgebracht hatte. Kein Mensch hatte die Alte vermißt, und der Hausierer hatte sich nach der Tat drei Forellen gebraten. Gestohlene natürlich, aber alle Leute am Bach taten ja nichts als Fische stehlen und Schlingen legen. Nur das Blut hatte ihn verraten. Als er seinen Mantel im Bach wusch, wurde das Wasser ganz rot, und immer noch war Blut am Mantel.

Annette zog es vor, das Gesicht in Plutos Fell zu drücken, es war viel sicherer so, sie wollte das viele Blut nicht sehen. Erst als sie die Straße erreichten, tauchte sie wieder auf. Hier gab es nur mehr Wiesen, Gehölze und manchmal einen grauen Heustadel. Tausend Gerüche stiegen auf und wurden bald übertönt von Harzgeruch, und in diesem Augenblick wußte Annette, wohin die Reise ging. Wilder Hohn erfüllte sie. Also hatten die Vokabeln und Klavierstunden nichts genützt. Das brave kleine Mädchen ritt auf einem struppigen Hund zurück in die verbotenen Gegenden, und sie wollte endlich dorthin, und nichts konnte sie mehr zurückhalten. »Schneller, Pluto«, rief sie, »schneller«, aber der Hund fiel nicht aus seinem Trab, die Fährte konnte nicht mehr verlorengehen, an ihrem Ende wartete die Schüssel mit Fleisch und Brot. Es war gut, heimzukommen, aber es war auch gut, unterwegs zu sein an diesem schönen Sommermorgen, die

Sonne auf dem Fell zu spüren und die kleinen Steine unter den Sohlen zu fühlen.

Der Holzlagerplatz lag in gelbem Licht. Annette glitt vom Rücken des Hundes. Pluto legte sich auf die Erde, steckte die Nase zwischen die Pfoten und genehmigte sich eine ~~kleine~~ Rast. Annette ging auf den ersten Holzstoß zu und legte die Hand auf ihn. Holz, warmes gelbes Holz, besät mit ~~kleinen~~ Harztropfen. Es roch besser als irgend etwas auf der Welt. Es mußte Sonntag sein, denn kein einziger Arbeiter war zu sehen, und auch »er« war nicht da. Jeden Sonntagmorgen saß »er« in seinem Arbeitszimmer vor dem schwarzen Schreibtisch und rechnete, und neben der grünen Mappe stand die Flasche mit Enzian. Auch Enzianschnaps roch gut, besonders auf »seinen« Lippen. Zigaretten, Enzian, Rasierwasser und Haut. Wildes Verlangen nach diesem Duft ließ Annette erzittern. Wie schal roch dagegen der Lavendel in Tante Johannes Schrank, der sonntägliche Streuselkuchen und das frischbezogene Bett. Besonders das Bett, nach einer fremden Seife und fremdem Wasser, das gar kein richtiges Wasser war, ebenso wie die Milch nicht nach Milch und die Butter nicht nach Butter schmeckte. Tante Johanne hatte gelogen, als sie behauptete, das komme daher, daß in einem gewissen Alter bei Kindern die Fähigkeit zu riechen und zu schmecken nachlasse. Alles gelogen, denn das Harz roch noch immer nach Harz und Pluto nach einem wirklichen Hund, nicht nach Staub und Insektenpulver.

Annette ging zu ihm zurück, und er sprang sofort auf und drängte seinen Kopf gegen ihren Leib. Schmerzhafte Zärtlichkeit quoll auf und verdunkelte die Sonne. Zu zweit gingen sie auf das große gelbe Haus zu. Der schillernde Italienerhahn stand im Hof und pickte nach den Körnern, die Marie gestreut hatte, und ein paar weiße Enten wackelten zur grünen Hauslache. Pluto erlitt einen seiner Anfälle, warf alle vier Pfoten zugleich in die Luft und fiel auf den Bauch. Das Haus schien völlig ausgestorben, sie waren wohl alle zur Kirche gegangen, nur »er« saß dort drinnen im Haus und wartete auf sein kleines Mädchen. Natürlich war es nicht richtig gewesen, mit Pluto herumzustreunen, und Marie hätte wieder ein großes Geschrei erhoben, aber Marie war in der Kirche, und »er« würde nicht schelten. »Er« wußte genau, daß man an einem so schönen Morgen nicht im Haus bleiben konnte, und kümmerte sich nie um Maries Lamento. Es gab nichts Besseres als den Sonntagmorgen mit »ihm« im Arbeitszimmer, das Wühlen in den Laden, in denen es die unglaublichsten Schätze gab, leere Patronen, Spielkarten und ein blaues Hähergesteck, das sie, wie »er« sagte, einmal erben sollte. Sie wußte nicht, was es dabei zu lachen gab, es genügte schon, daß sie sein Lachen hörte, um die kleinen silbernen Bläschen in der Brust zu spüren, die aufstiegen und auf ihren Lippen zersprangen. Und dann, auf der Platte des Schreibtisches sitzend, mit den nackten Beinen baumelnd, durfte sie am Enzianschnaps nippen, die Zigarette kosten und hören, wohin der große Holzstoß verkauft werden sollte und daß die Buchen teurer waren als die Tannen, daß es so wenig Birken und Eichen gab und daß die hohen Lärchen als Schiffsmaste verwendet wurden. Und immer wieder war es ein wenig traurig zu hören, daß die Fichten so billig waren. Gott mochte wissen warum, da sie doch so schlanke, gerade Stämme hatten. Wenn die Sonne bis zu ihrem Kopf gewandert war und sie müde wurde, sagte »er«: »Na, komm schon«, und sie rutschte vom Schreibtisch auf seine Knie, lehnte die Wange gegen seine Brust und ließ sich aus dem »Tierbuch« vorlesen. Und das alles war fast schon zuviel für sie. Hier zu sitzen, auf dem einzigen Platz, den es auf der Welt für sie gab, seine Hände zu sehen, die in dem vergilbten

Buch blätterten, und seine Stimme zu hören, die vom Steinbock erzählte und vom Elentier und von der Giraffe, die es hier nicht gab und die doch so gut auf den Holzplatz gepaßt hätte.

Annette lief über den Gang und pochte an die Eichentür. »Er« war wohl ganz vertieft in seine Rechnungen. Sie faßte mit beiden Händen nach der Klinke und drückte sie nieder.

Das Zimmer war leer. Stumm starrten die Bücherregale ihr entgegen, und jede Spur der geliebten Unordnung war vom Schreibtisch verschwunden. Die Gewehre glänzten im Schrank, aber »er« war nicht hier. »Er« war fortgegangen, nicht in den Wald und nicht ins Dorf, sondern fort für immer. »Er« hatte sie zurückgelassen und vergessen, wie man einen Gegenstand vergißt, den man nicht mehr benötigt.

Annette schloß die Augen und glitt in rasender Fahrt hinauf, dorthin, wo sie auf ihrem Bett lag und auf die grünen Leuchtziffern starrte. Die Schmerzen im Leib, die sie schon den ganzen Nachmittag gespürt hatte, waren stärker geworden, aber was war das gegen das Wissen, das mit eisiger Klarheit über sie gekommen war. Und was nützte es, zu wissen. Kein Arzt hätte ihr eine bessere Diagnose stellen können, als sie selbst es tat. Man konnte einem Kranken nicht helfen, wenn seine Krankheit sein eigentliches Leben war. Sie jedenfalls wollte den Schock der Erkenntnis überwinden und mit ihrer Krankheit weiterleben. Sie wollte nicht geheilt werden zu einer ganz fremden Person, die nichts mehr mit ihr gemein hatte.

Eine ganze Woche lang war Gregor abends nach Hause gekommen, man hätte es einen unglücklichen Zufall nennen können, daß er ausgerechnet heute nicht bei ihr war. Aber es war kein Zufall, es war völlig in Ordnung so und konnte gar nicht anders sein. Es war nicht seine Schuld, daß er so sehr ihrem geheimen Wunschbild entsprach und genau das tat, was sie immer von ihm erwartet hatte. Die ganzen Monate hindurch hatte sie, ohne es zu wissen, davor gezittert, von ihm verlassen und enttäuscht zu werden, weil Liebe und Verlassenwerden für sie eine Erfahrung bedeutete, die ihr in Fleisch und Blut saß. Während Annette, die Hand auf den Leib gepreßt, zum Telephon ging, um die Klinik anzurufen, erschrak sie über das leise Triumphgefühl darüber, daß alles so gekommen war, wie es hatte kommen müssen. Es war genau dasselbe Gefühl, das ihr von ihrer Schulzeit her vertraut war. Die Unbekannten waren gefunden und die Gleichung ging auf.

Man hatte die Rolläden herabgelassen. Das kleine Krankenzimmer lag in ~~grüner~~ Dämmerung. Nebenan krähte ein Säugling. Gregors Gesicht zuckte bei diesem Geräusch. Er saß neben dem Bett und sah auf Annette nieder. »Hast du Schmerzen?« Nein, Annette hatte keine Schmerzen. Es war zwar ganz unbegreiflich mit diesem langen Schnitt im Leib, aber sie spürte wirklich nichts davon. Die Stille wurde drückend. Gregor räusperte sich und erzählte irgend etwas aus dem Büro und sagte dann ohne rechten Zusammenhang, daß sie sich noch lange Zeit schonen werde müssen.

Annette sah die Blumen auf dem Tischchen, rote Rosen. Gregor hatte sie geschickt, obgleich es nichts gab, wozu man ihr gratulieren konnte. Sie versuchte zu denken und es gelang ihr besser, als sie erwartet hatte. Das Kind war also tot, man hatte eine Spur zu lange mit dem Schneiden gezögert. Die Schwester sagte, es sei ein schöner, großer Knabe gewesen. Er war erstickt. Ein böser Zufall, die ganze Klinik war darüber in Aufregung. Annette glaubte nicht an diesen Zufall, das Kind war tot, weil sie nicht an seine Wirklichkeit geglaubt hatte. Auch Gregor ahnte es; er wollte nur nicht darüber reden. Sie begriff, daß dieses Kind ihm in Wahrheit mehr bedeutet hatte als sie und daß sie vom Augenblick seiner Geburt an für ihn nichts anderes mehr gewesen wäre als die Mutter seines Kindes, eine Frau, der man eine gewisse Dankbarkeit und Rücksichtnahme schuldete. Er legte jetzt seine warme Hand auf ihre kalten Finger und versuchte ungeschickt, sie zu trösten. Alles werde wieder gut sein, und sie sei ja noch jung. Annette sah an seinem Gesicht, daß er log. Nie hatte dieser gewandte Lügner ungeschickter gelogen. Er tat es nur, weil es üblich war, bei derartigen Gelegenheiten etwas Ähnliches zu sagen.

Sie spürte die Wärme seiner Hand und roch den gesunden Duft seiner Haut und spürte plötzlich, wie sehr er danach brannte, wegzugehen, fort aus dem Äthergeruch der Klinik, fort aus der grünen Dämmerung und fort von der Frau, die ihm eine Wunde zugefügt hatte, die in seinem festen glatten Fleisch brannte und schmerzte. Und sie begriff, daß er diese Wunde heilen mußte, auf seine Art, mit Arbeit, Frauen, Wein und langen rasenden Autofahrten. Sie hatte kein Recht, ihn dabei zu stören.

Es liegt nur an mir, dachte sie und öffnete die andere Hand, die einsam auf der Decke lag. Öffnete und schloß sie wieder. Ich kann einfach nichts festhalten, und so verläßt mich alles. »Ich glaube«, sagte sie, »ich fange an müde zu werden.« Dann schloß sie die Augen, und während Gregors Worte sie nicht mehr erreichten, dachte sie daran, daß sie nie mehr in seinen Armen liegen würde. Gregor erhob sich, und sie hörte die Erleichterung aus seiner Stimme, als er sich verabschiedete. Er küßte ihre Hand, und sie spürte seine warmen, glatten Lippen auf der Haut. Sie war froh, daß er sie nicht auf den Mund küßte, der zerbissen war und nach Blut schmeckte.

Dann hörte sie ihn sachte und rücksichtsvoll die Tür

schließen und wußte, daß mit seinem großen, vertrauten Körper das Glück von ihr gegangen war.

Kälte strömte aus allen Ritzen und füllte das Zimmer bis in den letzten Winkel. Aber es war doch erst August. Man sollte das Fenster öffnen, dachte sie, draußen muß es doch Sommer geben und Wärme. Sie versuchte sich aufzurichten, fiel aber wieder zurück. Man konnte der Schwester läuten, aber sie wollte die Schwester nicht im Zimmer haben. So zog sie nur die Decke bis an die Schultern und starrte auf die Wand, die in grünlichem Schatten lag. Sie wartete darauf, den feinen dunklen Strich der Tapetentür zu sehen, ihr sanftes Aufschwingen zu hören und aus der Dunkelheit dahinter ein gelbes Fell aufleuchten zu sehen. Ein Fell, das Wärme, Geborgenheit und Tiergeruch ausströmte.

Sie starrte auf die Wand und wußte, es gab keine Tapetentür mehr und es gab keinen Gang, der in das Land der murmelnden Bäche, des blühenden Schierlings und der sonnedurchglühten Holzstapel führte.

Hinter der verschlossenen Eichentür saß »er« mit Gregor, und sie tranken Wein, lachten und spielten mit den Hunden und dachten nicht daran, den Schlüssel herumzudrehen. In alle Ewigkeit würden sie dort sitzen und sie in Kälte und Dunkelheit stehen lassen. Und wie klug war das von ihnen, denn ihr Eintritt hätte doch nur alles zerstört.

Die Frau im weißen Spitalsbett legte das Gesicht in die Armbeuge und regte sich nicht. Sie fror an der Schulter, aber das war jetzt unwichtig geworden, nichts war mehr wichtig und von Bedeutung. Man konnte lachen oder weinen, und man konnte auch ganz still sein.

Annette war ganz still.

Die Fischer zogen ihre Netze ein. Onkel Eugen nahm die Brille ab, legte das Buch zur Seite und sah Annette auf die Pension zukommen. Die Herbstsonne hatte ihr Gesicht zart gebräunt und verlieh ihm einen trügerischen Schein von Gesundheit.

»Laß dich nicht stören, Onkel Eugen«, sagte sie, »lies ruhig weiter.«

Onkel Eugen machte eine Bemerkung über den schönen Sonnenuntergang und über die Fischer und erkundigte sich nach den Kindern der Luzia, die Annettes besondere Lieblinge waren. Annette erzählte ihm, wie jeden Tag, daß die Kinder reizend seien und daß das jüngste heute nacht seinen ersten Zahn bekommen habe. Sie dachte an den kleinen rosigen Gaumen und das winzige Eckchen Weiß, das das Fleisch durchbrochen hatte, und lächelte bei dieser Erinnerung. Die Sonne sank unaufhaltsam ins Meer, und Onkel Eugen zog sein Jackett über das blütenweiße Hemd.

»Du solltest dir auch etwas umnehmen, Annette, es wird kühl.«

Annette schlüpfte gehorsam in die Wolljacke, die über der Sessellehne hing. Das waren also die Gespräche, die sie seit sechs Wochen führten, und es war das Äußerste, was Annette ertragen konnte. Die Sätze wurden von Tag zu Tag länger und nahmen allmählich die Form von kleinen unverbindlichen Gesprächen an. Onkel Eugen hätte einen guten Arzt abgegeben, nur daß kein Arzt auf der Welt so viel Zeit für seine Patienten hatte. Mit schlechtem Gewissen betrachtete Annette den alten Mann, der ihretwegen die Anstrengungen dieser Reise auf sich genommen hatte. Es war ein Glück, daß er gewohnt war, mit sich allein zu sein, denn sie war ihm eine schlechte Gesellschafterin gewesen, ja, während der ersten Wochen war sie ihm geradezu aus dem Weg gegangen und hatte ihn nur zu den Mahlzeiten gesehen. Und er hatte sich nie aufgedrängt. Als stiller, geduldiger Wächter saß er unter dem roten Sonnenschirm und las. Man konnte ihm nicht einmal ansehen, daß er sich über sein Amt Gedanken machte.

Annette wagte einen kleinen Vorstoß. »Ich hab das Tagebuch zerrissen und ins Meer geworfen«, sagte sie, erstaunt über ihre eigene Kühnheit.

Onkel Eugen sah sie ernsthaft an und nickte befriedigt. »Sehr gescheit, Annette. Du hast es nicht mehr nötig. Tagebücher sollte man überhaupt nicht aufheben, es genügt, daß man sie schreibt.«

Es war genau das, was sie selbst immer empfunden hatte, und Onkel Eugens Bestätigung ermutigte sie. Aber sie wollte über dieses Thema nicht mehr weiterreden, eigentlich hatte sie überhaupt nur damit angefangen, um ihm eine kleine Genugtuung zu verschaffen. Es mußte zu trostlos für ihn sein, ewig den Krankenwärter zu spielen. Wenn es keine wirklichen Fortschritte zu verzeichnen gab, mußte sie wenigstens manchmal etwas erfinden, was darnach aussah.

Sie sah aufs Meer hinaus, das jetzt anfing, wie Perlmutter zu schimmern. Nur Onkel Eugen war schuld daran, daß sie es noch immer sehen konnte. Es war unmöglich, die zwanzig Veronaltabletten zu schlucken, wenn man wußte, es mußte ihm das Gefühl geben, in einer Sache, die er zu der seinen gemacht hatte, versagt zu haben. Wozu sollte sie diese überflüssige Grausamkeit an ihm begehen? In seinem Alter mochte es sehr wichtig sein, eine gestellte Aufgabe zu lösen, denn es gab ja für ihn nicht mehr allzu oft Gelegenheit, etwas zu tun, das kein anderer statt seiner tun konnte. Natürlich wußte er das ebensogut wie sie und fühlte sich vielleicht ein wenig als Erpresser, aber da er doch so viel erlebt hatte und so alt geworden war, mußte er in dem Ganzen einen Sinn sehen, den sie noch nicht erkannte, denn hätte er ihr sonst diese Überwindung zugemutet?

Selbstmord war unanständig gegen diejenigen, die zurückbleiben mußten mit einem Schuldgefühl im Herzen, das ihnen keiner abnehmen konnte, da der einzige, der es vermocht hätte, sie nicht mehr lossprechen konnte. Aber es gab Augenblicke, in denen der Mensch bereit war, jede Unanständigkeit zu begehen, um den Schmerz nicht mehr zu spüren, der ihn bei lebendigem Leib auffraß. Es wäre auch ein Unrecht an Gregor gewesen, der doch an ihrem Unglück ganz schuldlos war. Eine lebende Annette konnte er schließlich vergessen, eine tote hätte selbst über sein rasches, gewaltsames Leben einen Schatten geworfen. Es gab gewiß eine Menge Vergehen, deren er sich schuldig gemacht hatte, mochten andere sie rächen, ihr hatte er nie etwas Böses getan, und sein Versagen in gewissen Situationen lag in seiner Natur begründet und war keine persönliche Böswilligkeit. Genau so wie er war, hatte sie ihn geliebt und liebte sie ihn immer noch.

Natürlich konnte sie wieder zu ihm zurückgehen wie nach einer angemessenen Erholungsreise, aber das war in Wahrheit unmöglich geworden. Wenn man schwach war, sollte man nicht einem Starken zur Last fallen und ihn damit zwingen, grausam und ungerecht zu werden. Für einen Augenblick hatte sie die Vision eines gesunden, großen Mannes, der vom Volant aufblickend zu einer Frau sagte: »Ich weiß es nicht, meine Liebe, wahrscheinlich war sie hysterisch.« Dann legte er die Hand auf ihr Knie und die fremde Frau spürte seine Wärme und lachte vor Glück und Behagen. Man konnte ihr nur wünschen, daß sie mehr Kraft und weniger Phantasie besaß als Annette und dem Leiden entgehen konnte. Der Gedanke schmerzte, aber sie hatte sich daran gewöhnt, daß jeder Gedanke schmerzte, und nicht nur die Gedanken, auch die Sonne, das Meer, die spielenden Kinder, der weiße Sand und die bunten Sonnenschirme. Der Schmerz saß in ihr, brach aus allen Poren und überschwemmte die Welt. Er war alles, was ihr geblieben war, und sie durfte dieses Letzte nicht verlieren.

Das junge Mädchen, das Onkel Eugen so gut gefiel, brachte das Abendessen. In den ersten Wochen hatte Annette fast nichts zu sich genommen, es war, als hätte ihr Magen plötzlich die Fähigkeit verloren, irgend etwas zu verdauen. Besonders Fleisch hatte sie angewidert. Nur aus Anstand gegen Onkel Eugen hatte sie sich dazu überwunden, ein paar Bissen zu essen. Jetzt ging es schon etwas besser. Sie erinnerte sich daran, wie besorgt Gregor in diesem Punkt gewesen war und wie er immer behauptet hatte, sie habe nie richtig essen gelernt, und er werde es ihr schon noch beibringen. Ihre Augen wurden naß, und Onkel Eugen beschäftigte sich eingehend mit dem gebratenen Fisch. Es war lächerlich, daß sie immer noch zu schwach war, um sich völlig in der Hand zu haben. Verzweifelt spießte sie einen Bissen auf und steckte ihn in den Mund. Dort fing er zu wachsen an und wurde immer größer; sie konnte ihn nicht schlucken und fing vor Aufregung zu zittern an. Endlich war es gelungen, und sie konnte weiteressen. Ein großer Fortschritt, dachte sie, noch vor drei Wochen hätte ich mich übergeben. Ja, sie machte entschieden Fortschritte. Wenn Onkel Eugen dazu fähig war, geduldig zu sein, warum sollte sie dann selbst nicht ein wenig Geduld mit sich aufbringen? Der Salat, zum Beispiel, schmeckte gar nicht schlecht. Man mußte sich Zeit lassen und vorsichtig sein. Sie brauchte jetzt für eine Mahlzeit doppelt so lang wie früher. Aber auch das würde sich wieder geben, lange genug hatte sie Onkel Eugen die Mahlzeiten vergällt.

»Der Salat ist ausgezeichnet«, sagte sie. Onkel Eugen strahlte und nahm sich sofort noch einmal davon. Dann fing er an, von einem Schauspieler zu erzählen, der auch so gerne Salat gegessen hatte. Es war eine nette kleine Geschichte, und man konnte darüber lachen, wenn man wollte. Annette wollte. Das Knäuel in ihrer Brust lockerte sich und rutschte hinunter. Sie trank einen Schluck von dem Getränk, das Onkel Eugen für sie bestellt hatte, und spürte zum erstenmal seine Süßigkeit. Es schmeckte nach Pfirsich und nicht nach irgendeinem chemischen Zeug wie die Limonaden, die man daheim vorgesetzt bekam.

Onkel Eugen trank seinen Rotwein, dem Annette nie etwas abgewinnen hatte können. Es war schön zu sehen, wie er ihm schmeckte. Auch das Serviermädchen war wirklich so hübsch, wie er immer behauptete. Annette sah ihre braune, glatte Haut, das glänzende schwarze Haar und die weißen Zähne hinter den roten Lippen. Es tat weh, soviel Jugend und Gesundheit zu sehen, aber es war schön. Alles, was jung und schön war, tat ja weh. Am liebsten hätte sie die Hand ausgestreckt und den schimmernden braunen Arm der Kleinen gestreichelt, aber das durfte man ja nicht. Onkel Eugen konnte sich das erlauben, und selbst er hielt sich zurück, so groß die Versuchung auch sein mochte. Aber kein Mensch hätte es ihm übel genommen. Als Frau aber durfte man zu einer anderen Frau nicht zärtlich sein, ohne ein übles Mißverständnis hervorzurufen. Es war dumm und langweilig und aus der Meinung der Männer entstanden, daß Zärtlichkeiten auf jeden Fall die Einleitung einer erotischen Handlung bedeuten mußten.

Onkel Eugen lächelte. »Hübsch, nicht wahr?« Annette nickte. Ja, das Mädchen war hübsch, oder viel eher schön, was mehr und weniger bedeutete. Hübsch war eigentlich nur ein Mensch, der, ohne schön zu sein, es fertig brachte, ein angenehmer und erfreulicher Anblick zu sein. Dieses Mädchen aber war einfach schön und wäre nie dazu fähig gewesen, sich in etwas zu verwandeln, was es eigentlich nicht war, schön wie eine Rose, die nie etwas anderes sein konnte als eine Rose.

Annette betrachtete die sanfte geschwungene Nackenlinie und den vollendeten Haaransatz.

Dann kam die Mutter des Mädchens aus dem Haus und der schöne Traum zerrann. Die Frau setzte sich auf einen der zierlichen Stühle, und Annette wartete fasziniert darauf, ihn unter dieser Last zusammenbrechen zu sehen. Die Mutter glich der Tochter in jedem Zug, und das hatte etwas Unheimliches an sich und verekelte ihr die kleine Schönheit. Diejenigen Töchter waren am glücklichsten, die ihren Müttern nicht ähnlich waren und keine fatalen Vorstellungen im Betrachter wecken konnten. Die Frau mochte nur wenige Jahre älter sein als Annette und war schon völlig zu einer schwabbeligen Matrone geworden. Das Leben wuchs und welkte so rasch unter dieser ewigen Sonne. Fast alle jungen Leute waren schön, schöner jedenfalls als ihre Altersgenossen im Norden; das einzige, was ihre Schönheit beeinträchtigte, war ein leiser Zug von Verdrossenheit oder übler Laune, den man auf den ersten Blick nicht sehen konnte. Annette hatte Wochen dazu gebraucht, ihn zu entdecken. Man durfte sich nicht täuschen lassen von dem fröhlichen bunten Bild, das dazu diente, Fremde anzulocken. Unter der Heiterkeit dieser Menschen und ihrer Landschaft lag die ausweglose Trauer aller nur irdischen Geschöpfe, die um ihre Vergänglichkeit wußten. Überall, wo das Leben in so animalischer Wirklichkeit blühte, mußte auch der Tod wirklicher sein als anderswo. Der aufgequollene, verwesende Tintenfisch am Strand und daneben das lockende zarte Fleisch der spielenden Kinder, die nirgendwo von einer herzbewegenderen Schönheit und Lebendigkeit sein konnten. Selbst der düsterste Tannenwald im bayrischen Gebirge war lieblich und harmlos im Vergleich zu dieser steinigen Küste mit den blühenden Oleanderbüschen und dem blauen Meer dahinter.

Annette spürte plötzlich Heimweh nach grünen Wiesen und murmelnden Bächen, nach einer sanfteren Schönheit, die ihr mit ihrem Anblick nicht Gewalt antat.

Sie erhob sich und sagte: »Ich geh noch einmal ans Meer, kommst du mit?« Nein, Onkel Eugen kam nicht mit, er hatte noch einen dringenden Brief zu schreiben. Immer hatte er dringende Briefe zu schreiben, um ihre Einladungen ablehnen zu können. Annette war ihm dankbar für diese Schwindeleien, sie mußte unbedingt allein sein. Es genügte zu wissen, daß er hier saß und sie an einem seidenen Faden hielt, den sie nicht zerreißen wollte. Sie ging hinauf in ihr Zimmer, das aussah, als sei es nur deswegen da, weil der Mensch nicht im Freien schlafen kann. Alle Zimmer sahen hier so aus, völlig unpersönlich und kahl, trotz der gefälligen modernen Möbel. Wer konnte schon vor den graugrünen Hügeln und dem gewaltigen Meer eine Atmosphäre der Intimität erzeugen?

Annette beschloß, sich umzuziehen. Es wurde abends kühl. Das Badetuch, das sie über Nacht auf den Balkon hängte, war am Morgen schwer vor Feuchtigkeit. Außerdem war man hier empfindlicher gegen Kälte als zu Hause. Im Hochsommer mußte es unerträglich sein, Hitze, Geschrei und eine Masse in der Sonne dünstender Leiber. Aber jetzt war es ruhig geworden, es gab vor allem keine Familien mit Kindern mehr, da die Schule längst begonnen hatte.

Sie stand nackt vor dem Spiegel. Die rote Narbe auf ihrem Leib fing an zu verblassen. Sie fuhr mit dem Finger über den rosa Streifen und stellte fest, daß er nicht mehr schmerzte bei dieser Berührung. Man konnte einem Menschen den Leib aufschneiden, und nichts blieb zurück als eine feine Narbe. Die wirklichen Wunden sahen ganz anders aus, und sie bildeten viel häßlichere Narben, die man zwar nicht sehen, aber umso heftiger spüren konnte. Seit zwei Wochen wagte Annette auch wieder zu baden, nur schwimmen durfte sie ~~natürlich~~ noch nicht. Es machte ihr nichts aus, denn sie war noch so geschwächt, daß sie sich nicht nach körperlicher Bewegung sehnte. Sie schlüpfte in eine warme Hose und zog einen Wollpullover an. Ohne zu denken, sah sie die schlanke Frau im Spiegel und spürte die salzige Nässe auf den Wangen. Dieses fremde Zimmer wußte viel zuviel über sie, nie wieder im Leben wollte sie hierher zurückkehren. Mit dem Handrücken wischte sie sich die Tränen vom Gesicht und trat auf den Gang. Vielleicht erinnerte sich die Padrona noch manchmal an die traurige Signora tedesca, nicht lange natürlich, eine andere Signora würde nachkommen und sie Annette vergessen lassen. Und es war gut, vergessen zu werden.

Die Flut war gestiegen und hatte den kleinen Sandstrand überspült. Die Wellen schlugen gegen die seitlich ansteigenden Ufer der kleinen Bucht. Annette stieg den schmalen Pfad hinauf und setzte sich auf einen der grauen Steinblöcke. Es war gut, dem Meer zu lauschen und allein zu sein. Die große Unordnung und Verwirrung mußte geklärt werden. Es war die Arbeit, die sie seit drei Wochen beschäftigte, die Tage und Nächte ausfüllte und nicht zu Ende kommen wollte.

Immer wieder war sie plötzlichen Überfällen aus dem Hinterhalt ausgeliefert, die sie für Minuten in ein Bündel zuckendes Fleisch verwandelten und sie zwangen, die Hände vor den Mund zu pressen, um nicht zu schreien.

Dagegen war die erste Zeit nach der Entlassung aus der Klinik gnädig gewesen, eine Zeit, in der sie viel zu betäubt gewesen war, um irgend etwas empfinden zu können. Und dann stand immer im Hintergrund das Wissen um die zwanzig Tabletten, die sie mit einem Schlag erlösen konnten, wenn sie die Hand danach ausstreckte. Aber dieser Trost war ihr jetzt genommen. Sie hatte die Zeit versäumt, und es wurde mit jedem Tag unmöglicher, es zu tun, und zu wissen, daß im Nebenzimmer der alte Mann in seinem Bett lag und sich Gedanken über sie machte. Noch immer gab es Augenblicke, in denen sie ihn dafür haßte, aber ihre Vernunft war stärker als der blinde triebhafte Haß auf einen völlig Schuldlosen. Man mußte es einfach ertragen, aber wie konnte man das Unerträgliche ertragen?

Ratlos starrte sie auf den weiblichen Schaum der Wellen. Der Fels erdröhnte unter den Schlägen des Meeres, und Annette glaubte ihn zittern zu spüren, es war aber wohl sie selbst, die zitterte, der Stein bewegte sich nicht. Sie stützte die Arme auf die Knie und legte das Gesicht in die Hände. Wieder überfiel sie das Verlangen nach Schlaf und Vergessen, das tiefe Verlangen danach, nichts mehr von sich zu wissen und nie mehr erwachen zu müssen. Sie durfte diesem Verlangen nicht einmal in Gedanken nachgeben, es war zu gefährlich, nicht für sie, der nichts mehr gefährlich werden konnte, aber für diejenigen, denen sie nicht schaden wollte und die sie nicht noch weiter in ihre unseligen Angelegenheiten verstricken wollte. Der Gedanke, sie könne am Leiden eines anderen die Schuld tragen, machte sie schwach vor Angst. Grausamkeit war für sie etwas geworden, das sie mit körperlichem Abscheu erfüllte. Und es gab so viel Grausamkeit. Auch nur sehen zu müssen, wie die Fische in einen Korb geworfen wurden und dort elend und langsam erstickten, verfolgte sie bis in den Traum. Es war, als habe der Arzt eine geheime Wunde in ihr bloßgelegt und stochere nun mit seiner Sonde in dem blutenden Fleisch.

Das eintönige Brausen der Brandung machte sie schläfrig. Aber sie war ja jeden Abend müde und fürchtete sich doch, in ihr Zimmer zu gehen, das erfüllt war von salziger Meeresluft und dessen Stille sie ihren Gedanken preisgab.

Die Dämmerung war ~~rasch~~ über die Bucht hereingebrochen. Annette stand auf und ging den schmalen Weg zurück zum Kai.

Auf der Mauer saß, wie jeden Abend, Antonio, der Fischer, und flickte sein Netz. Annette setzte sich zu ihm und sah ihm zu. Er war ein Mann in mittleren Jahren, vielleicht an die vierzig, aber sein Gesicht war von Luft und Wasser verwittert. Annette zog die Zigaretten aus der Tasche und bot sie ihm an. Er zeigte seine weißen Zähne und grinste erfreut. Dann fing er an, ihr auf italienisch irgend etwas zu erzählen, was sie nicht verstehen konnte. Schließlich gelang es ihm aber doch, ihr durch Gesten und einzelne Wörter, die er eindringlich und beschwörend wiederholte, klarzumachen, daß seine Frau gestern verrückt geworden sei und daß man sie ins Spital gebracht hatte. Er schien nicht ernstlich betrübt darüber zu sein, oder vielleicht war er es, und Annette konnte es nur nicht erkennen. Er nahm eine zweite Zigarette an und gab Annette Feuer. Die dritte Zigarette pflegte er regelmäßig abzulehnen, als verletze ihre Annahme sein Gefühl für Anstand. Offenbar war er ein armer Mann mit geringen Bedürfnissen, aber einem sicheren Gefühl für Takt und Würde.

Annette liebte es, ihm zuzuhören. Da sie seine Erzählungen nur teilweise verstand, hatten sie immer etwas Geheimnisvolles und Ungewisses, so als rede er nur in Andeutungen zu ihr von unerhörten Begebenheiten, und auch das nur, weil er ihr, aus einem unbekannten Grund, besonderes Vertrauen schenkte.

Ein ~~ganz~~ bestimmtes Lächeln lag dabei auf seinem Gesicht, das anziehend und hinterhältig zugleich wirkte, auf jeden Fall die Geschichten aber nur noch verwirrender machte.

Antonio rauchte die Zigarette zu Ende, warf den Stummel ins Meer und nahm die Arbeit an seinem zerrissenen Netz wieder auf. Es roch nach Tang und Fischen, und die abendliche Feuchtigkeit legte sich als Tau auf Annettes Gesicht. Niemand saß jetzt in ihrem Zimmer und wartete auf die vertrauten Schritte im Vorgarten.

Die grobe, wütende Hand griff wieder nach ihrem Hals, preßte ihn zusammen und ließ Tränen in ihre Augen treten.

Antonio wandte den Kopf, sah sie aufmerksam und prüfend an und sagte: »Du traurig?« Mit einer unendlich leichten, beschwichtigenden Gebärde fuhr er mit dem rissigen braunen Finger über ihre Wange. »Ah, nicht gut, du traurig.« Seine Stimme klang betrübt, aber das Lächeln war nicht von seinem Gesicht gewichen und in seinen gelbbraunen Augen stand dunkler Kummer neben sanftem Spott.

Seine Frau war verrückt geworden, aber er saß hier wie jeden Abend und flickte sein Netz. Und er mußte es ja tun, denn anders mußte er verhungern und konnte die salzige Brise nicht mehr auf den Lippen spüren, seine Augen nicht mehr an den schönen Mädchen erfreuen und den roten Wein nicht mehr trinken, der ihn leicht berauschte und für Stunden seiner Armut enthob. Und nie wieder würde er die kleinen Wellen an die Kaimauer schlagen hören. Es war sehr einfach und verständlich, Antonio wollte das einzige, was er besaß, um keinen Preis aufgeben.

Bewunderung und Liebe regten sich in Annette, für Antonio, die kleinen schillernden Fische, die dicke Padrona und für Onkel Eugen, der jetzt auf dem Balkon saß und auf sie wartete. Liebe und Zärtlichkeit für sie alle. Sie hob den Finger in die Luft und spürte den Wind vom Meer herwehen, den Wind, der irgendwo in den Straßen der großen Stadt auch Gregors Wangen berührte und mit seinem kühlen, flüchtigen Hauch auch über »sein« fernes Grab strich. Und sie wollte auch den Schmerz lieben und an ihr Herz nehmen. Jeder floh vor ihm und jeder haßte ihn; bei ihr sollte er seine Wiege und Heimstatt finden.

Sie schob das Päckchen Zigaretten in Antonios Jacke und stand auf. Es war Zeit, nach Hause zu gehen.

»Sie war eine Diebin«

Kurz vor ihrem Tod – sie lag mit Knochenkrebs im Krankenhaus, hatte gerade eine Operation überstanden und wußte um ihren aussichtslosen Zustand, obwohl man versuchte, ihn ihr zu verheimlichen – schrieb Marlen Haushofer eine Art literarisches Testament, einen sachlichen, beschwichtigenden Text, der noch einmal die Gefühle und Empfindungen zusammenfaßte, die ihr Leben und ihre Literatur bestimmten. Diese letzte Tagebucheintragung beginnt mit den Sätzen: »Mach Dir keine Sorgen. Du hast zuviel und zu wenig gesehen, wie alle Menschen vor Dir. Du hast zuviel geweint, vielleicht auch zu wenig, wie alle Menschen vor Dir. Vielleicht hast Du zuviel geliebt und gehaßt – aber nur wenige Jahre – zwanzig oder so. Was sind schon zwanzig Jahre? Dann war ein Teil von Dir tot, genau wie bei allen Menschen, die nicht mehr lieben oder hassen können.«

Und das Ende dieses Eintrags vom 26. 2. 1970 lautet: »Mach Dir keine Sorgen – alles wird vergebens gewesen sein – wie bei allen Menschen vor Dir. Eine völlig normale Geschichte.«

Einen Monat später, am 21. März 1970, kurz vor ihrem 50. Geburtstag starb Marlen Haushofer.

Eine ganz normale, eine schreckliche Geschichte: Die Autorin resümiert angesichts des Todes ihr Leben mit einer Haltung, die auch zu einer ihrer literarischen Figuren passen würde. Das Leben bietet keinen Grund, sich vorm Sterben zu fürchten. 25 Jahre früher hatte die Heldin ihres ersten Romans, »Eine Handvoll Leben«, über ihr Schicksal schon auf ähnliche Weise räsoniert: »Alles, was sie getan hatte, war sinnlos, ein Mosaik von winzigen Lebensteilchen, in allen Farben schimmernd und mit viel Grau und Schwarz dazwischen, aber eben nur ein Mosaik ohne Sinn.«

Das Leben strahlt und funkelt nicht in den Geschichten und Romanen der Marlen Haushofer, es hält keine Versprechungen bereit und wenn, dann lassen sie sich nicht einlösen – jedenfalls nicht von den Frauen. Die sind Verliererinnen, solche, die niemals Siegerinnen sein wollten, denn »sie hatte immer die tödliche Leere geahnt, die den Sieger erwartete«. Von ihrem ersten Roman 1955 bis zu ihrem letzten 1969 (»Die Mansarde«) ist es der immer gleiche Frauentyp, der uns in ihren Büchern begegnet: Das Leben erduldend, nicht gestaltend, die Liebe erleidend, nie genießend. Der Mann, das seltsame, kräftige Tier und die empfindende, sich verstellende Frau: Das ist die Existenz- und Liebes-Grundlage in den Erzählungen der Haushofer, die immer wieder Motive und Konstellationen aus der eigenen Biographie in ihre Literatur einfließen läßt. In einem Gespräch betont sie 1968: »Ich schreibe nie über etwas anderes als über eigene Erfahrungen ... Alle meine Personen sind ... abgespaltene Persönlichkeiten, die ich recht gut kenne. Kommt einmal eine mir wesensfremde Figur vor, versuche ich nie, in sie einzudringen, sondern begnüge mich mit einer Beschreibung ihrer Erscheinung und ihrer Wirkung auf die Umwelt.« Deswegen begegnen uns in ihren Romanen also nie lebendig oder widersprüchlich gezeichnete männliche Gestalten, sondern allein Bilder ihrer Wirkung, weibliche Reflexe auf die mächtige männliche Fremdheit.

Mitte der sechziger Jahre wird Marlen Haushofer gebeten, für eine Rundfunkserie eine eigene Grabrede zu schreiben. In diesem heiter gestimmten »Nachruf für eine vergeßliche Zwillingsschwester« heißt es: »Es muß einmal gesagt werden, Marlen Haushofer hätte es weit bringen können. Ihr Unglück war ein angeborener Widerwille gegen mühsame oder langwierige Arbeiten, vielleicht gegen Arbeiten überhaupt. Deshalb ist es, nach meiner Meinung, einer der wenigen bewundernswerten Züge dieser Persönlichkeit, daß sie jemals ein Buch zu Ende geschrieben hat ... Ein gütiges Geschick hat sie davor bewahrt, berühmt zu werden, sie hätte das damit verbundene hektische Leben nicht lange ertragen.«

Lethargie und Leiden können allein durchs Schreiben gebrochen werden. Berühmt war sie nicht, die Schriftstellerin Marlen Haushofer, die ihre Manuskripte nicht gerne überarbeitete, die Freunde bat, die Zeichensetzung zu korrigieren, die immer hoffte, schneller schreiben zu können. Aber ihren neckischen Zeilen zum Trotz sehnte sie sich – wie alle Künstler – nach Berühmtheit, nach dem großen Erfolg. Marlen Haushofer war jedoch keine übersehene Autorin, ihr Talent wurde früh bemerkt, ihre Bücher verlegt und gelesen. Sie hatte Förderer und literarische Freunde, erhielt Anerkennung und Beachtung, seit 1946 erste Kurzgeschichten von ihr in Zeitschriften veröffentlicht worden waren. Sie bekam Ehrungen und Auszeichnungen: in den fünfziger Jahren den staatlichen Förderpreis (für die Novelle »Das fünfte Jahr«), den Theodor-Körner-Preis (für den Erzählungenband »Die Vergißmeinnichtquelle«), 1963 den Arthur-Schnitzler-Preis (für den Roman »Die Wand«) und 1968 schließlich den österreichischen Staatspreis für Literatur (für die Erzählungensammlung »Schreckliche Treue«). Keine – im landläufigen Sinne – verkannte Autorin also, aber doch eine, die auf seltsame Weise randständig und mißverstanden blieb. Daran änderte auch ihr größter Erfolg, »Die Wand« (1963), nichts. Da überlebt eine moderne Frau mittleren Alters zufällig das Ende der Menschheit. »Etwas, das gut und schön geplant war, hatte sich übel entwickelt und war schlimm ausgegangen.« Nach der nicht näher bezeichneten Katastrophe lernt sie nicht nur das Überleben, sondern vor allem die ursprüngliche Liebe zum Leben. Sie wird eins mit der Natur und den verbliebenen Tieren. Als am Ende plötzlich ein Mann in der Einsamkeit auftaucht, der ihr Stier und Hund tötet, erschießt sie ihn, ohne mit ihm zu sprechen, ohne ihn anzusehen. Er ist der Repräsentant der alten Macht, die verantwortlich ist für den Untergang. Sie dagegen hat sich der Liebe und Fürsorge verschrieben. »Wären alle Menschen von meiner Art gewesen, hätte es keine Wand gegeben.«

Immer waren es die Haushoferschen Frauenfiguren, die Anlaß für Kritiker-Mißverständnisse boten. Neurasthenikerinnen meinte man zu entdecken, übersensible Wesen, die in der Normalität nicht bestehen könnten. Niemand wollte und konnte in den fünfziger und sechziger Jahren sehen, daß hier eine Autorin nicht von der Ausnahme, vom Abnormen schrieb, sondern auf eine radikale Weise von der Wirklichkeit zwischen den Geschlechtern. Einer Wirklichkeit, die ihren realen Ursprung im ganz normalen Leben einer Hausfrau und Mutter hatte, die nebenbei schrieb. Oder einer Schriftstellerin, die im Nebenberuf Hausfrau und Mutter war. Das, was in den achtziger Jahren zur Wiederentdeckung der Marlen Haushofer führte, ließ sie damals zur Außenseiterin werden: Der grundsätzlich hoffnungslose, fast unbeteiligte Blick, mit dem sie ihre Heldinnen ausstattete, die konsequente Düsternis, die das Ehe- und Familienleben in ihren Geschichten umgab, lastete man der Autorin als Unfähigkeit an, pralle Charaktere und Biographien zu entwickeln. Außerdem hatte sie so gar kein Interesse, sich einem modernen Stil anzupassen, immer ging es in erster Linie um den Inhalt, danach kam erst die Form. Dreißig Jahre später spürte eine junge Generation von Leserinnen die große und traurige Kraft dieser Geschichten, in denen Frauen und Männer sich als grundsätzlich verschiedene und unvereinbare Wesen gegenüberstehen.

Die besondere Rolle der Marlen Haushofer im literarischen Leben jener Jahre war aber auch in ihrer persönlichen Lage begründet. Sie wohnte nicht im künstlerischen Zentrum Wien, lebte nicht allein für ihr Werk, nahm an den intellektuellen Debatten und literarischen Streitgesprächen nur peripher teil, denn hauptsächlich und vor allem spielte sich ihr Alltag im Kreis der Familie und einer bürgerlichen Gesellschaft ab.

Marlen Haushofer wohnte in Steyr. Hier war sie die Frau Doktor, die Gattin des örtlichen Zahnarztes, die nebenbei und als Hobby am Küchentisch Literatin war, wenn ihr die Hausfrauenpflichten Zeit dafür ließen. In die Kleinstadt war die Försterstochter, nach einem abgebrochenen Germanistikstudium und der frühen Eheschließung, 1947 gezogen. Hier blieb sie bis zu ihrem Tod – allen Einflüsterungen und Beschwörungen ihrer Wiener Freunde zum Trotz. Hier lebte sie mit ihrem Mann, nach der Scheidung ohne und nach der erneuten Heirat wieder mit ihm. Sie verließ Steyr auch nicht, als die beiden Söhne im Internat waren und ihrer Freiheit nicht mehr im Wege standen. Marlen Haushofer änderte – wie so viele ihrer Protagonistinnen – nicht ihr Leben, sie ließ es geschehen und hielt es aus. In ihrem letzten Roman, »Die Mansarde« heißt es: »Ich habe einen bürgerlichen Mann geheiratet, führe einen bürgerlichen Haushalt und muß mich entsprechend benehmen.«

Am 11. April 1920 wird Marlen Haushofer im oberösterreichischen Frauenstein geboren. Ihre Mutter hatte sich gegen den Willen der Eltern vor ihrer Eheschließung als Kammerzofe einer Gräfin verdingt, war in der Welt herumgekommen und tat sich danach schwer als Förstersgattin im abgelegenen Effertsbachtal. Für die kleine Maria Helene – wie sie im Taufbuch heißt – liegt ihr Elternhaus dagegen mitten im Paradies. Mit zehn Jahren wird sie jäh aus dieser Idylle gerissen, sie kommt zu den Ursulinen nach Linz ins Internat. Dort herrscht der, nie verwundene, Schrecken für das kleine Mädchen. Die Kälte, die Angst, das Unverständnis in diesem strengen Institut hat Marlen Haushofer beschrieben in »Eine Handvoll Leben«; das frühe Kinderglück auf dem Land mit seinen Hoffnungen und Spielen, den Alpträumen und nächtlichen Schreckgespenstern in ihrer wunderbar genauen und warmherzigen Kindheitsgeschichte »Himmel, der nirgendwo endet«.

Ein phantasiebegabtes Kind, eine gute Schülerin: Nach dem Abitur muß sie zum Reichsarbeitsdienst, der 1938 in Österreich von den Nazis eingeführt worden war. Sie kommt nach Ostpreußen, erlebt dort zum ersten Mal die Liebe und die Selbständigkeit, denkt weder über Politik nach noch über die Schrecken der Zeit. In dem Hörspiel »Das Mitternachtsspiel« läßt sie zwanzig Jahre später zwei Freundinnen über den Krieg und die spezifisch weibliche Wahrnehmung der großen Ereignisse nachdenken: »Tilly: Weißt du, was eigentlich sehr merkwürdig ist. Den ganzen Tag über verfolgen sie uns mit Radiogebrüll, Sondermeldungen und Sirenengeheul, und mich berührt das gar nicht. Wenn mich eine Bombe erschlagen würde, so wäre das gar nicht mein wirklicher Tod, sondern ein dummer Zufall. Du hängst Seidenpapier an die Wände und wartest auf dein Kind, und draußen tobt die Schlacht, wie es so schön heißt. Schiffe werden versenkt, Städte verbrennen und du denkst nur: Robert, das Kind, ein bißchen Milch und Fleisch und Kohle ... Wie kommt das, warum erreicht uns die Wirklichkeit nicht?

Eva: Weil es nicht unsere Wirklichkeit ist. Unsere Wirklichkeit heißt Robert oder Lorenz, das Kind, warme Kleider und genug Milch und Kohle. Und ich glaub die Wirklichkeit eines jeden Menschen ist so: Meine Familie, mein Haus und mein bißchen Leben. Mehr geht in einen Menschen ja gar nicht hinein.«

Im Sommer 1941 hatte Marlen Haushofer ein Kind bekommen; der Vater ist ein Studienkollege, mit dem sie nichts verbindet. Im gleichen Jahr heiratet sie den stattlichen und vernünftigen Medizinstudenten Manfred Haushofer. Zwei Jahre später wird ihr zweiter Sohn geboren. Marlen Haushofer ist 23 Jahre alt, sie bricht ihr Studium ab, wird Hausfrau und Mutter. Sie mag darüber gestaunt und sich gewundert oder – wie Annette in »Die Tapetentür« – sich gefragt haben, wann ihr Betrug auffliegen, wann entdeckt werden wird, daß sie die verständige und anpassungsfähige Ehefrau nur spielt. Wie die Heldin ihres zweiten Romans fühlt sich auch die Autorin nicht passend für die Rolle, die sie nun ausfüllen soll. Aber Marlen Haushofer findet – anders als ihre Protagonistin – den Ausweg aus der Enge und der Falschheit einer Lage, deren Sicherheit und Wärme sie nicht missen will: Sie beginnt zu schreiben. Später wird sie einmal notieren: »Eigentlich kann ich nur leben, wenn ich schreibe.«

1952 erscheint die Novelle »Das fünfte Jahr«. 1954 unterschreibt sie den Vertrag für ihren ersten Roman im Zsolnay Verlag. Über den Titel denken der Lektor und die Autorin lange nach, bis sie zaghaft einen vorschlägt, der auch im Verlag Gefallen findet: »Eine Handvoll Leben«. Erzählt wird die Geschichte einer Frau, die unerkannt zurückkehrt in ihren Heimatort, den sie vor zwanzig Jahren nach einer Affäre mit einem Geschäftsfreund ihres

Mannes verließ. Damals täuschte sie ihren Tod vor. Sie wollte ein neues, ihr gemäßes Leben ohne die Last von Ehemann und Kind. Nun läßt sie deprimiert die Jahre Revue passieren und erkennt: »Das Leben war einfach zu stark, um bewältigt zu werden.« 1955 erscheint das Buch, das freundlich beachtet, auch übersetzt, aber kein großer Erfolg wird. Im Sommer dieses Jahres arbeitet Marlen Haushofer bereits an einem zweiten Roman und hofft, damit bis Weihnachten fertig zu sein. Alle Eile und Beschwörung nützen jedoch nichts, sie arbeitet länger als geplant an »Die Tapetentür«. Erst im September 1956 gibt sie das Manuskript ab, über das der Lektor schreibt, er verstünde jetzt, warum sie vorher darüber nicht habe reden wollen, es sei »ein sehr persönliches Buch« geworden.

Annette, die vom Leben überforderte, einst vom Vater verlassene Bibliothekarin ohne Ehrgeiz und Zukunftswünsche, wird von der Liebe überfallen wie von einer unbekannten Krankheit. Sie verliert sich in dieser neuen Lage jedoch nicht liebestaumelig und heißblütig in Wahnvorstellungen und Selbstbetrug. Im Gegenteil, sie erkennt den Mann, weiß um die Fremdheit und Lüge zwischen ihnen, um die Aussichtslosigkeit eines gemeinsamen glücklichen Lebens. Sie paßt sich an, überanstrengt sich dabei, weil sie stets auf der Hut sein muß, nicht entdeckt zu werden. Eine empfindungslose wird durch die Liebe zu einer leidenden Frau. Kein gütiges Schicksal rettet sie oder schlägt sie mit Blindheit. Sie sieht, woher ihre Schmerzen rühren, weiß auch um die Verletzung in der Kindheit und begreift am Ende, daß das Leben nicht mehr sein wird als Schmerz und das Warten auf den Tod. Eine erbarmungslose »ganz normale Geschichte«.

In »Eine Handvoll Leben« hatte Betty sich noch an den Zwiespalt ihres Lebens erinnert: »Sie hatte einmal Freiheit, Kälte und Selbständigkeit gewählt und sich zeitlebens nach Zärtlichkeit, Wärme und Geborgenheit verzweifelt gesehnt.« In »Die Tapetentür« gibt es für Annette keine Wahl mehr. Die Liebe kennt – wie es im Motto des mit der Haushofer befreundeten Lyrikers und Schuldirektors Wilhelm Szabo schon anklingt – nur Hang und Drang. Erkenntnis und Reflexion nützen nichts im Liebesleben (und mit dieser radikalen Einsicht war die *altmodische* Marlen Haushofer ihren heutigen, an Psychologismen geschulten Leserinnen und Lesern weit voraus, wenn sie fern der Psychoanalyse das unabänderliche Schicksal beschwört). Auf Verständigung zu hoffen, gar auf Partnerschaft oder männliche Einsicht, das ist zwischen so fernen Wesen ganz und gar unmöglich und im Haushoferschen Geschlechterkosmos auch gar nicht erstrebenswert. Im glücklichsten Fall gibt es ein Stillhalteabkommen und für die wenigen Momente des Liebestaumels das gemeinsame Vergessen der unüberwindlichen Fremdheit.

Marlen Haushofer schwärmte nicht von einer männerlosen Welt, sah in den Frauen nicht die besseren Menschen. »Keinesfalls aber wünschte sie in einer weiblichen Welt der Nützlichkeit und Vernunft zu leben, in der es zwar keine gigantischen Kriege, keinen Hunger, aber auch nichts mehr zu lachen gäbe.« (»Eine Handvoll Leben«)

Die Schriftstellerin träumte statt dessen vom verlorenen Paradies der Kindheit, vom unschuldigen Ort, aus dem sie vertrieben wurde. Das war es, was ihr blieb inmitten der Grauen eines erwachsenen Lebens: die Erinnerung, die Phantasie – das Schreiben. Sich ein Bild machen, eine Vorstellung von der Welt, die nur so wirklich und erträglich wird. Schreiben, um zu überleben: »Sie war eine Diebin und trug die geraubte Welt mit sich fort.«

Manuela Reichart

Marlen Haushofer wurde am 11. April 1920 als Marie Helene Frauendorfer in Frauenstein, Oberösterreich, geboren. Anfang der vierziger Jahre studierte sie Germanistik an den Universitäten Wien und Graz. 1946 veröffentlichte sie erste Kurzgeschichten in Zeitschriften und übersiedelte 1947 nach Steyr, wo sie bis zu ihrem Tode lebte. Ihr erster Roman, *Eine Handvoll Leben*, 1955 bei Zsolnay herausgekommen, sowie *Die Tapetentür* (1957) und die Novelle *Wir töten Stella* (1958) machten sie bekannt, der Roman *Die Wand*, 1963 bei Sigbert Mohn erstmals veröffentlicht, machte sie berühmt. Sie starb am 21. März 1970. Im Jahr 1968 wurde sie mit dem Österreichischen Staatspreis für Literatur ausgezeichnet.

Manuela Reichart ist Literaturkritikerin, hat lange Zeit die ZDF-Kultursendung *aspekte* und die Büchersendung des WDR-Fernsehens moderiert; sie dreht heute Features für das Fernsehen und schreibt für den Hörfunk. Sie lebt in Berlin.